国际大奖小说·成长版
美国银行街教育学院童书奖

来自星星的魔链

What came from the stars

[美]加里·施密特 / 著
郭红梅 / 译

天津出版传媒集团
新蕾出版社

图书在版编目(CIP)数据

来自星星的魔链 / (美) 加里·施密特著 ; 郭红梅译. -- 天津 : 新蕾出版社, 2023.7
(国际大奖小说 : 成长版)
ISBN 978-7-5307-7098-6

Ⅰ. ①来… Ⅱ. ①加… ②郭… Ⅲ. ①儿童小说-长篇小说-美国-现代 Ⅳ. ①I712.84

中国版本图书馆 CIP 数据核字(2021)第 281050 号

WHAT CAME FROM THE STARS
by Gary D. Schmidt

津图登字:02-2019-145

书　　名:来自星星的魔链　LAIZI XINGXING DE MO LIAN
出版发行:天津出版传媒集团
新蕾出版社
http://www.newbuds.com.cn
地　　址:天津市和平区西康路 35 号(300051)
出 版 人:马玉秀
电　　话:总编办 (022)23332422
发行部 (022) 23332351　23332679
传　　真:(022)23332422
经　　销:全国新华书店
印　　刷:天津新华印务有限公司
开　　本:895mm×1370mm　1/32
字　　数:110 千字
印　　张:8.75
版　　次:2023 年 7 月第 1 版　2023 年 7 月第 1 次印刷
定　　价:35.00 元

地址:天津市和平区西康路 35 号
电话:(022)23332677　邮编:300051

一辈子的书

梅子涵

◆亲近文学◆

一个希望优秀的人，是应该亲近文学的。亲近文学的方式当然就是阅读。阅读那些经典和杰作，在故事和语言间得到和世俗不一样的气息，优雅的心情和感觉在这同时也就滋生出来；还有很多的智慧和见解，是你在受教育的课堂上和别的书里难以如此生动和有趣地看见的。慢慢地，慢慢地，这阅读就使你有了格调，有了不平庸的眼睛。其实谁不知道，十有八九你是不可能成为一个文学家的，而是当了电脑工程师、建筑设计师……可是亲近文学怎么就是为了要成为文学家，成为一个写小说的人呢？文学是抚摸所有人的灵魂的，如果真有一种叫作“灵魂”的东西的话。文学是这样的一盏灯，只要你亲近过它，那么不管你是在怎样的境遇里，每天从事怎样的职业和怎样地操持，是设计房子还是打制家具，它都会无声无息地照亮你，使你可能为一个城市、一个家庭的房间又添置了经典，添置了可以供世代的人去欣赏和享受的美，而不是才过了几年，人们已经在说，哎哟，好难看哟！

谁会不想要这样的一盏灯呢？

◆阅读优秀◆

文学是很丰富的,各种各样。但是它又的确分成优秀和平庸。我们哪怕可以活上三百岁,有很充裕的时间,还是有理由只阅读优秀的,而拒绝平庸的。所以一代一代年长的人总是劝说年轻的人:"阅读经典!"这是他们的前人告诉他们的,他们也有了深切的体会,所以再来告诉他们的后代。

这是人类的生命关怀。

美国诗人惠特曼有一首诗:《有一个孩子向前走去》。诗里说:

> 有一个孩子每天向前走去,
> 他看见最初的东西,他就变成那东西,
> 那东西就变成了他的一部分……

如果是早开的紫丁香,那么它会变成这个孩子的一部分;如果是杂乱的野草,那么它也会变成这个孩子的一部分。

我们都想看见一个孩子一步步地走进经典里去,走进优秀。

优秀和经典的书,不是只有那些很久年代以前的才是,只是安徒生,只是托尔斯泰,只是鲁迅;当代也有不少。只不过是我们不知道,所以没有告诉你;你的父母不知道,所以没有告诉你;你的老师可能也不知道,所以也没有告诉你。我们都已经看见了这种"不知道"所造成的阅读的稀少了。我们很焦急,所以我们总是非常热心地对你们说,它们在哪里,是什么书名,在哪儿可以买到。我就好想为你们开一张大书单,可以供你们去寻找、得到。像英国作家斯蒂文生写的那个李利一样,每天快要天黑的时候,他就拿着提灯和梯子走过来,在每一家的门口，把街灯点亮。我们也想当一个点灯的人，让你们在光亮中可以看见，看见那一本本被奇特地写出来的书，夜晚梦见里面的故事，白天的时候也必然想起和流连。一个孩子一天天地向前走去，长大了，很有知识，很有技能，还善良和有诗意，语言斯文……

同样是长大，那会多么不一样！

◆自己的书◆

优秀的文学书，也有不同。有很多是写给成年人的，也有专门写给孩子和青少年的。专门为孩子和青少年写文学书，不是从古就有的，而是历史不长。可是已经写出来的足以称得上琳琅和灿烂了。它可以算作是这二三百年来我们的文学里最值得炫耀的事情之一，几乎任何一本统计世纪文学成就的大书里都不会忘记写上这一笔，而且写上一个个具体的灿烂书名。

它们是我们自己的书。合乎年纪，合乎趣味，快活地笑或是严肃地思考，都是立在敬重我们生命的角度，不假冒天真，也不故意深刻。

它们是长大的人一生忘记不了的书，长大以后，他们才知道，原来这样的书，这些书里的故事和美妙，在长大之后读的文学书里再难遇见，可是因为他们读过了，所以没有遗憾。他们会这样劝说："读一读吧，要不会遗憾的。"

我们不要像安徒生写的那棵小枞树，老急着长大，老以为自己已经长大，不理睬照射它的那么温暖的太阳光和充分的新鲜空气，连飞翔过去的小鸟，和早晨与晚间飘过去的红云也一点儿都不感兴趣，老想着我长大了，我长大了。

“请你跟我们一道享受你的生活吧！”太阳光说。

“请你在自由中享受你新鲜的青春吧！”空气说。

“请你尽情地阅读属于你的年龄的文学书吧！”梅子涵说。

现在的这些“国际大奖小说”就是这样的书。

它们真是非常好，读完了，放进你自己的书架，你永远也不会抽离的。

很多年后，你当父亲、母亲了，你会对儿子、女儿说：“读一读它们，我的孩子！”

你还会当爷爷、奶奶、外公和外婆，你会对孙辈们说：“读一读它们吧，我都珍藏了一辈子了！”

一辈子的书。

送给詹姆斯，

老爸爱你。

目录

爱瑟星球
提尔利尔山
阿努尔夫平原
索尔格荒原的
布劳谷姆墙
丹维尔夫
山谷
维斯尔
山谷
爱瑟城
百努大森林
索尔格荒原
弋利尔
丘陵
宝恩围场

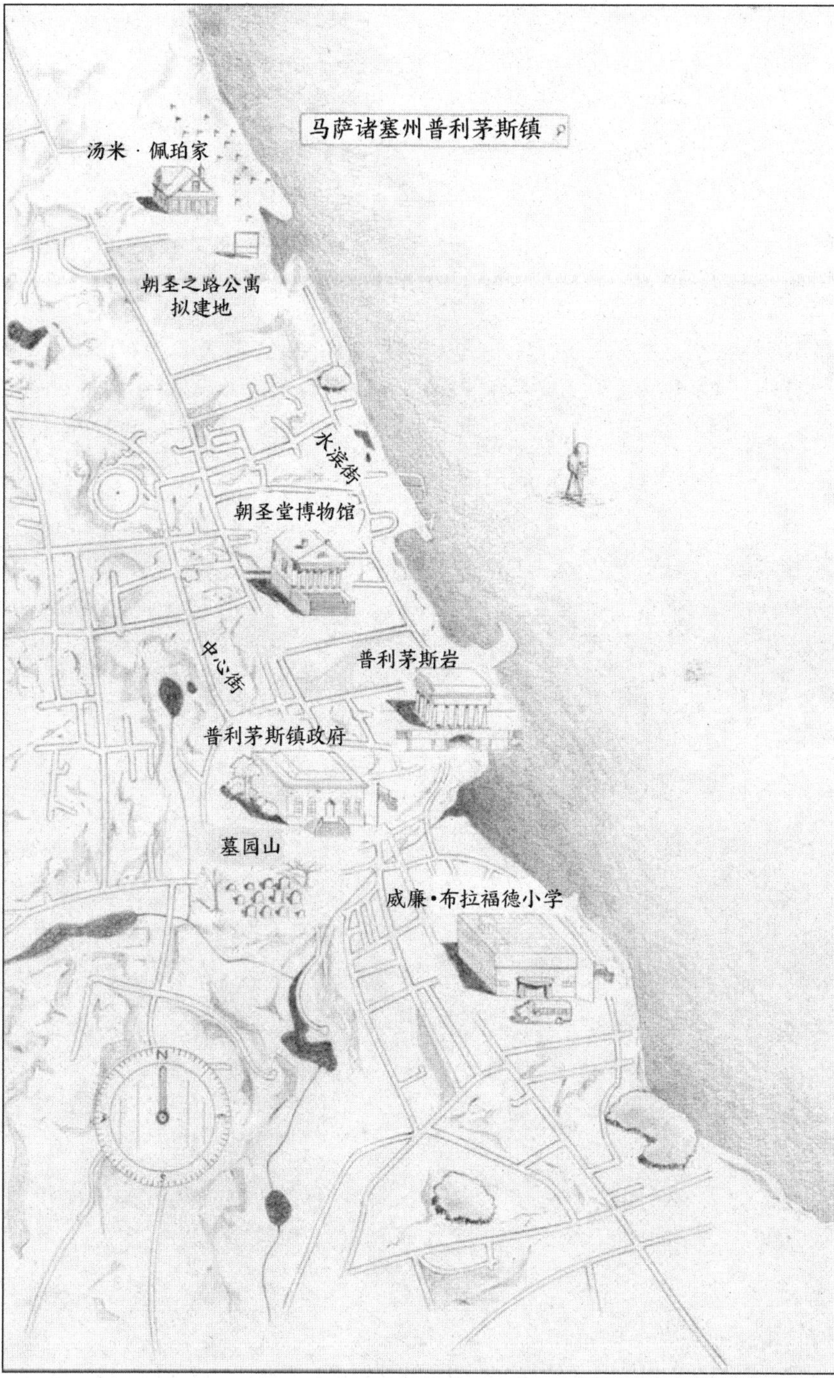
马萨诸塞州普利茅斯镇
汤米·佩珀家
朝圣之路公寓
拟建地
水滨街
朝圣堂博物馆
中心街
普利茅斯岩
普利茅斯镇政府
墓园山
威廉·布拉福德小学
N
S

1

维洛[1]人末日降临

维洛人知道，他们此次难逃一劫了。雷塞德城堡[2]即将沦陷，他们热爱并长期守护着的爱瑟[3]人将会死在无脸怪欧曼[4]锋利的创克刀[5]下。从雷塞德城堡高高的城墙向下望去，维洛人明白，疯狂的欧曼怪大军势必会破城而入，将他们热爱的一切都狠狠摧毁。

没有一个维洛人不为即将失去的一切而黯然泪下。

没有一个爱瑟人不为将要面临的灾难而感到恐惧。

可是，维洛人不会就此屈服，尽管他们日复一日地看着欧曼怪

---

①一个外星族群的名字，他们是爱瑟星球的守护者。（本书包含了大量“奇怪”的“外星”词汇，除了脚注，你还可以在书后的“奇词怪词表”中找到它们的解释。——编者注）

②维洛人为爱瑟人修建的城堡。

③另一个外星族群的名字，他们是爱瑟星球的原住民。

④一群外星生物，也作“欧曼怪”。

⑤欧曼怪使用的武器。

大军挥动着由灰色金属锻造的、闪着寒光的创克刀，日复一日地听着它们不断撞击着雷塞德城堡紧闭的城门……

但这一天还是到来了。维洛人的心脏从日出起就随着攻城锤撞击的节奏而剧烈跳动，到了第二次日出之时，城门被彻底攻破，维洛人只得舍弃外庭，撤退到雷塞德城堡的大厅。曾几何时，人们为庆祝维洛人的胜利一次次地在这里吹响哈诺拉号①，而现在，已经没有再次吹响哈诺拉号的机会了。

维洛人封上城堡大厅的门，布莱瑟拉夫长老的儿子们抽出奥鲁剑②守在门后。其他人退进内庭，随后又拾级而上，退入爱瑟人的议事厅——雷塞德城堡十二圣座的所在地。当最后几位长老也由此地登上塔楼之后，塔楼大门在他们的身后轰然关闭。希尔德长老的十个女儿镇守议事厅内，并设置了重重障碍。但是，大家心中了然，这根本无法阻挡住欧曼怪凶猛的进攻。

的确，当欧曼怪冲到城堡大厅前，发现它们再次被紧闭的大门阻住去路时，怒火直冲天际。几位长老在塔楼内能清楚地听到它们狂怒的咆哮声和攻城铁锤不停撞击大门的声音。

这时，艾克瑟尔长老说话了。他曾警告过大家，蒙杜斯王已背信弃义，欧曼怪正意图来犯。但是，没人把他的警告放在心上。

“是时候结束这场宿怨了。忠诚的维洛人已经所剩无几，待我们

①一种类似圆号的乐器。

②一种武器，常挎在肩上。

几个也殒身于此后，不知道还有谁能来保护爱瑟人？又有谁能来守护这十二圣座？第一次日出时，欧曼怪的血洒满雷塞德城堡的台阶；等到第二次日落时，将会是我们自己的鲜血染红沙场。届时，歌声终止，'沉寂'开启。"

接着，布莱瑟拉夫长老怒不可遏地开口道："是，你曾经警告过我们，'沉寂'将会到来，我们将陷入无边无际的灾难之中。"他看向其他的维洛人："而我要说，曾经，在索尔格荒原的布劳谷姆墙[①]，我们凭借强大的意志力，与众多勇士一起，成功击退了'沉寂'。今日，'沉寂'或许会彻底笼罩我们和我们所守护的爱瑟星球，我们的时代也将彻底终结，但是，如果灾难注定要降临，那我们就献出我们的歌声、思想，献出比劳爱特[②]和葛莱特劳艾特[③]，献出我们用心创造的、用来对抗'沉寂'的一切，将它们锻造在一起，然后送出这个星球。这样一来，即便维洛人从此消亡，维洛艺术也依然可以为人所知，依然可以被听到和看到。唯有这样，才能击败'沉寂'。"

塔楼中的维洛人、镇守议事厅的希尔德长老的十个女儿、留在城堡大厅里的布莱瑟拉夫长老的儿子们一同发出了热烈的欢呼声。这欢呼声令欧曼怪有些胆战心惊，所以有那么一阵，它们长长的胳膊变得软弱无力，攻城锤撞击大厅门的势头也减弱了。不过，没过多

①类似城墙、城垛的一种防御工事。

②各种形式的艺术。

③用玻璃或光制成的工艺品。

久，欧曼怪又开始了疯狂的进攻。

于是，正如很久以前那样，在塔楼最高处的房间里，维洛人将锻造炉重新点燃。维洛长老们一个接一个地献出他们心中的歌声，由小威格林来把它们与其他艺术一起锻造成一条银绿色的魔链。魔链上的每一环都代表维洛人的一种艺术，每一环都是维洛人思想的一部分。

小威格林不停挥动着手中的铁锤，即使在大厅门被攻破、欧曼怪们蜂拥而入时，他也一刻没有停止过。在这当当的锤打声中，守卫城堡大厅的布莱瑟拉夫长老的儿子们向欧曼怪发起了猛烈的复仇之战。但是，欧曼怪的数量实在太多了。它们如潮水般攻进内庭，杀入爱瑟人的议事厅，穿过十二圣座。希尔德长老的十个女儿奋勇抵抗，杀敌无数，但还是没能阻挡住欧曼怪向塔楼进攻的步伐。

在此期间，小威格林锻造的锤声不曾间断。

塔楼的门被攻破了，维洛长老们镇守在塔楼的每一层楼梯上，为小威格林争取时间。随着他们一个接一个地倒下，无脸怪欧曼一路杀至塔楼最高处的房门外，砍倒了守在那里的最后两个维洛人。然后，欧曼怪凶狠地撞击着房门，直至将其撞成碎片。

布莱瑟拉夫长老举起奥鲁剑守在门口，抵挡意图侵入的欧曼怪大军。小威格林则留在锻造炉前，将最后一部分维洛艺术也锻造进魔链中。在小威格林身后正进行着一场悲壮的战斗，伟大的布莱瑟拉夫长老早已身负重伤。但他不会屈服，他要一直坚持到小威格林从锻造炉的火焰中取出维洛艺术之链，然后把它送出这个星球。

小威格林用双手取出灼热的魔链，捧至胸前。当感觉到维洛艺术和他心中的歌声一起跳动时，他举起魔链，举向正在落山的恒吉斯特①洒下的最后一缕余晖。注入小威格林歌声与思想的魔链飞离他的双手，飞得越来越高，越来越高，一直高到小威格林再也看不到它明亮的光辉……艺术之链消失不见了。

布莱瑟拉夫长老重重地倒在了地上。小威格林转过身，直面闯入的欧曼怪们。

此时，艺术之链早已飞入高空，飞离这场战役。那是蒙杜斯王最想占为己有的东西，他为此可以付出一切代价。自认为胜券在握的欧曼怪顿时变得绝望与暴怒起来。

第二次日落降临时，爱瑟人、雷塞德城堡，以及整个爱瑟星球全部陷入了黑暗。

幸而，艺术之链离开了这个星球。小威格林的歌声和思想、封存在链子里的维洛艺术赋予了它力量。它穿过最高的云层，飞过湛蓝的天空，飞进寒冷漆黑的太空；它飞越卫星、行星，飞过维洛人曾学过、唱过属于那里的歌曲的恒星，飞过盘旋在爱瑟星球上空的星座，维洛人曾把那里发生的故事讲给爱瑟人听；它飞过彗星和星云，又飞过更多恒星和陌生星座，最后，飞出了爱瑟星球所在的星系。

---

①爱瑟星球上其中一个太阳的名字。

在无尽的寒冷与黑暗中，它继续飞行，飞至更远的星系。在维洛人眼里，这些星系曾经只是天上隐隐闪烁的星子。魔链从它们身旁飞离，穿过时而明亮时而阴暗的太空，穿过极致的酷寒，飞得越来越快。

越来越快。

直到……

看！它来到了一个旋转着的小型星系，来到这个星系边缘的一颗恒星前，然后又来到围绕这颗恒星旋转的一颗小行星之上。这颗行星同魔链诞生的那个星球一样蔚蓝。魔链从这颗行星的卫星旁掠过，颤动着飞入大气层，开始向下坠落。在那颗恒星的照射下，它通体散发着夺目的光芒。它不停坠落，穿过高高的白云中冰冷的晶体，穿过云层投下的阴影，又回到阳光的怀抱中。它不停坠落，在坠落的过程中慢慢冷却，直奔那片大海、那方绿地和那座红砖建筑而去。随着最后一次翻滚，这条承载着维洛人的艺术、歌声和思想，唯一能够用来对抗“沉寂”的魔链撞在一扇窗的窗沿上，随即掉落窗内，从一张白色塑料桌的桌面滑过，落向一张灰色塑料长凳，最终，掉进了汤米·佩珀那个印着“王牌机器人大冒险”图案的午餐盒里。汤米上六年级，是马萨诸塞州普利茅斯镇威廉·布拉福德小学的学生。巴勒斯先生是他的班主任。

汤米并没有马上发现这条从天而降的魔链。

2

汤米·佩珀的生日

今天是汤米·佩珀的十二岁生日，他收到了一份全宇宙有史以来最愚蠢的生日礼物：一个“王牌机器人大冒险”午餐盒。在午餐盒的盒盖上，王牌机器人正在飞行，手中的宇宙旗帜与它披着的红斗篷一起迎风飘动着，如果换个角度看，代表“机器人”的字母“R”还会闪闪发光。盒盖的内侧印着王牌机器人的头部特写，旁边有一行字：机器人不能喝牛奶，但是小朋友们能喝，而且必须要喝！王牌机器人还微笑着举起一根手指来强调这一点。

这的确是全宇宙有史以来最愚蠢的生日礼物。

汤米从九岁起就不再看《王牌机器人大冒险》了。好吧，十岁那年他看过两次，也可能是三次，反正一整年下来绝对不会超过三次。他环顾整间学生餐厅，如果有谁也带了跟他一样的午餐盒，肯定会把它藏起来，正如汤米现在要把他自己的藏起来一样。

又或者，如果有谁带了这样的午餐盒，肯定会“不经意”地就把它弄丢了，汤米在今天早晨第一眼看见这个东西时就准备这么干了。

但爸爸早就猜到了他的心思，对他说："你奶奶挑选礼物时总是很用心，她可能排队排了很长时间才买到它的。"

汤米点点头。

"你知道的，对她来说，排队可不是件容易的事情，毕竟她年纪大了。"

汤米又点点头。

"她大老远从旧金山寄过来的。"

"我知道。"汤米说。

"而且这礼物很贵。"

汤米叹了口气。如果奶奶能提前问问他，就可以省下这笔钱了。他想要一个橄榄球，一个有汤姆·布雷迪①亲笔签名的橄榄球，那样的礼物才值得排队去买。

"而且她恐怕接受不了你扔……"

"好吧好吧。"汤米叫道，"我喜欢它！我会把它拿给我所有的朋友看，他们会希望自己也能拥有一个。过不了多久，所有的奶奶外婆都会排着长队去买王牌机器人大冒险午餐盒，她们会为了争夺最后一个而用拐杖互殴，会大打出手，会头破血流！所以拿去！"汤米把午

①著名职业美式橄榄球运动员。

餐盒往前一递:“快把它藏到安全的地方吧!”

没能如他所愿,这天早晨,爸爸还是用了这个午餐盒给汤米带饭。爸爸在里面放了一颗裹着餐巾纸的煮鸡蛋、一些芹菜和胡萝卜条、一份只涂了一点点蛋黄酱的鸡肉沙拉三明治、两块葡萄干曲奇饼干,还有一小盒巧克力牛奶——因为用不着所有食物都必须极其有益健康。他给帕蒂带了同样的午餐,只不过她那份里的是草莓牛奶。帕蒂喜欢草莓牛奶的颜色。

等爸爸都弄好后,汤米穿上一件冬季的外套。可现在才九月,天气还很暖和,连枫叶都还没开始变红。

“你很冷吗?”爸爸问。

“万一下雪呢。”汤米说。

爸爸把午餐盒递给了他们。

刚一出家门,汤米就把午餐盒藏进了外套里面。“没什么。”他对妹妹说。他就这么一路揣着午餐盒来到了学校。当走到六年级的走廊上、巴勒斯先生的教室外时,汤米脱下外套,裹住王牌机器人大冒险午餐盒,然后把它们一股脑儿塞进了自己的储物柜。

这一连串动作没有逃过爱丽丝·温斯洛的眼睛。“你为什么要穿一件在阿拉斯加过秋天时才会穿的外套?”她问道。

“我没穿在阿拉斯加过秋天时才会穿的外套。”汤米说。

“你觉得会下雪吗?”

“更奇怪的事情都发生过呀。”汤米说着,擦掉脸上的汗,“冷空气随时会来。等开始下雪了，人们觉得现在还是秋天，就只穿夹克，然后就会被困在暴风雪中冻死。等到别人在雪地里发现他们的尸体时，他们已经被冻得像硬邦邦的石头一样了。天气很难预料，得提前做好准备。”

他关上储物柜，转动密码锁。

“真希望有人能帮帮你。”爱丽丝说。

汤米没搭理她。

一整个上午，汤米都因为那个王牌机器人大冒险午餐盒而坐立不安。或许，他可以在储物柜那儿把午餐盒打开，只拿出巧克力牛奶和鸡肉沙拉三明治去餐厅吃。要是有人在旁边看着，他就只拿巧克力牛奶。

可是，像这样的计划永远都成功不了。午餐铃响起后，汤米走到储物柜前，把柜门打开一道缝儿，用手挡着，另一只手伸进冬季外套里，摸到午餐盒，打开……就在这时，巴勒斯先生突然出现在他身边，就像是从另一个空间里蹦出来的一样。

“你只有二十分钟，汤米。”巴勒斯先生说，“没时间挑挑拣拣的。拿上饭盒，咱们走吧。”巴勒斯先生站在原地等着他。

还能怎么办呢？汤米只得拿起王牌机器人大冒险午餐盒，带着它去了餐厅。他选了个靠窗的位置坐下，打开午餐盒，把它放在他与墙壁之间的灰色塑料长凳上，然后重重地喘了几口气。如果能让他把午餐盒放回储物柜，而且不被任何人发现，他愿意付出任何代价。

可如果他没能放回去……如果真的有人看到了……他就完蛋了。

帕特里克·贝尔纳普走过来坐在他旁边，汤米赶紧把午餐盒往桌子底下推了推，然后眼看着帕特里克从一个牛皮纸袋里拿出了他的午餐。所有六年级学生的午餐都应该装在这样的纸袋里！为什么只有自己的爸爸不明白这一点呢？

詹姆斯·沙利文走过来，坐在帕特里克的旁边。汤米又把午餐盒往桌子底下推了推，感觉已经推到了长凳的边缘，再往前推就会掉下去了。詹姆斯先把他的橄榄球——那个汤姆·布雷迪亲笔签名的橄榄球搁到桌子上，然后把午餐放在了橄榄球旁边。没错，詹姆斯的午餐也装在一个牛皮纸袋里。

爱丽丝走过来坐到汤米对面，问他："你早上穿那件外套是为了要藏什么东西吧？"汤米再次把午餐盒往桌子底下推了一把。

"不是。"他说。

"嘿，汤米，"詹姆斯说，"巴勒斯先生说你今天过生日，真的吗？"

汤米点点头。王牌机器人大冒险午餐盒已经在他的腿边摇摇欲坠。

"那等会儿回去时，我们就有冰激凌蛋糕吃了。"詹姆斯说。

"而我就能弹奏我的……"

"手风琴！"大家异口同声道。

"……手风琴。"帕特里克说。

"我都快等不及了！"詹姆斯说，"对了，汤米，你收到什么生日礼物了？”

汤米耸耸肩。

“你真没藏什么东西吗？”爱丽丝还没放弃。

这时，杰瑞米·赫里福在长凳的另一头儿坐了下来。他是六年级学生中个头儿最小的一个，体重大概和一个哈密瓜差不了多少。也许是因为杰瑞米的屁股坐下时引起的震动，也许是因为汤米在窗前看到的那道闪光，反正，王牌机器人大冒险午餐盒就在这一刻从长凳上掉了下去，掉落在木地板上，发出“啪”的一声。

“什么声音？”爱丽丝说。

汤米闭上了眼睛。

“你们猜这次会是哪种冰激凌呢？”帕特里克说。

“是不是有什么东西掉了？”爱丽丝说。

“奶油碧根果口味。”詹姆斯说。

“什么东西掉地上了？”爱丽丝说。

“可能是他的生日礼物吧。”帕特里克说。

人倒霉的时候就是这样，汤米心想，一切都是注定的，什么都阻止不了，甚至你的朋友也会成为宇宙毁灭计划中的重要组成部分。

汤米低头去看掉到桌子下面的午餐盒。在散落的芹菜和胡萝卜条中间，好像有一个什么东西……在发光？汤米使劲眨了眨眼睛。不管那是什么东西，它确实正在微微发着光。汤米把它捡了起来。

那是一条项链，一条银绿色的项链，拿在手里沉甸甸的。

“那就是你的礼物吗？”帕特里克问。

汤米点点头。他把项链举到阳光下端详着。

“这礼物可真够蠢的。”詹姆斯说。

那是你没见过更蠢的礼物，汤米想。

项链这会儿已经不发光了，也许它只在昏暗的环境中才会发光。不过就算它不发光，汤米以前也从没见过这样的东西。它像是由四股，或五股……哦，是由六股金属丝线相互缠绕在一起制作而成的。整条项链看上去有时是绿色的，有时是银色的，有时又似乎正在从绿色变成银色，然后又从银色变回绿色。

“这礼物可不蠢。”爱丽丝说，“它太美了！”

“他得到了一条漂亮的项链作为生日礼物，你不觉得这很蠢吗？”

“我的生日礼物可是一架手风琴。”帕特里克说。

“明白我的意思了吧？”詹姆斯说着，向后挪了挪，然后盯着桌子下面问道，“那是一个新饭盒吗？”

“不是。”汤米说。他把项链戴上，塞进上衣里面，感觉到它贴着自己的胸口，暖暖的，像是为他量身定做的一样。

“那是一个王牌机器人大冒险午餐盒吗？”詹姆斯又问道。他其实已经很确定了。

帕特里克也往后挪了挪。“看起来确实是。”他说。

汤米再次闭上了眼睛。这回逃不掉了。

他弯下腰去够午餐盒，温暖的项链滑过他的胸口。要是他能从这里消失，逃去另外一个星系那么远的地方就好了，至少去一个奶奶不会给她十二岁的孙子买王牌机器人大冒险午餐盒的地方。汤米摸到午餐盒前面那廉价的金属扣，感觉它已经有些弯曲变形了。所以，奶奶排了那么久的队，又花了那么多的钱，就为了买这么一件一碰就坏的东西？

一个货真价实的、有汤姆·布雷迪亲笔签名的橄榄球可绝对不会一碰就坏。

“原来你藏的是这个呀。”爱丽丝说。

詹姆斯正喝着的巧克力牛奶一下从鼻孔里喷了出来。“换了我，我也会……咯咯……把它藏起来。”他一边咳嗽一边说，“快让我看看！”

汤米抓住午餐盒，感觉厄运正像一座大山似的沉重地压下来。但他还能怎么办呢？他把午餐盒从桌子下面捡起来，放到大家面前。“是我奶奶……”他刚开口说了几个字，就停了下来。

那已经不是一个王牌机器人大冒险午餐盒了。

它收缩、弯曲成了一个鸡蛋形状的东西，但平衡保持得很好，所以放在桌子上也没有乱滚乱动。原本印着王牌机器人红斗篷的地方，现在浮现出一幕日落的场景，确切地说，是在一片陌生的海面上，有两个太阳正在缓缓落下。没错，是两个太阳。在原本王牌机器人手握旗帜的地方，一轮十分明亮的蓝色月亮正在快速地、旋转着升起。没错，是旋转着。而在两个太阳的最后一抹余晖和蓝月亮的第一缕光的照耀下，有一大团丝绸般的雾气在海面上方一两英尺的地方飘浮着。

“这是什么？”爱丽丝问。

汤米伸出手，慢慢地将手指放在其中一个太阳上。他知道，这是海纳芙①。他怎么会知道呢？可他就是知道。第一个太阳叫海纳芙。第二个太阳叫恒吉斯特。

“能打开吗？”

“当然能了。”汤米说着，同时按住两个太阳。那东西立刻从中间弹开了，像是装了隐形的铰链似的。他的煮鸡蛋好好地装在里面，裹着的餐巾纸也完好无损。“这就是我的午餐。”汤米说。

他把手伸进去，拿出鸡蛋，打开餐巾纸，慢悠悠地吃了起来。

爱丽丝、帕特里克和詹姆斯傻傻地瞪着那两个太阳，好半天都没说话。

午餐后，班里的同学陆续走回教室。通常情况下，午休时间他们会先去外面玩一会儿再回来，但这天是汤米的生日，巴勒斯先生总是会为过生日的学生准备自己做的冰激凌蛋糕，还会送一份傻兮兮的生日礼物。虽然不像王牌机器人大冒险午餐盒那么傻，但也好不

①爱瑟星球上的其中一个太阳的名字。

了多少。汤米双手捧着他那个已经变了样的午餐盒，走在大家后面。看上去，海纳芙和恒吉斯特好像离海平线更近了些，而赫瑞丝[①]，对，那轮蓝月亮叫赫瑞丝！它越升越高，变得越来越亮。海面上的雾气此时已经散去，海水不停翻涌着，整个午餐盒摸起来湿漉漉的……汤米简直不敢相信，没错，湿湿的，就好像他的手触摸到了海面，或是浸到了海水中。他紧紧盯着手中的午餐盒，确认会不会有水渗出来，好在并没有。

他把午餐盒放进储物柜里，此时，海纳芙已经触到了海平线。汤米转身走进教室，去切他的生日蛋糕。蛋糕的边缘部分已经开始融化了，马上就要滴在巴勒斯先生的讲桌上了，但巴勒斯先生还是让大家唱了整首《生日歌》，帕特里克用手风琴在一旁伴奏。唱完歌，大家一起鼓掌，巴勒斯先生这才把切蛋糕的刀子递给了汤米。同往常一样，这是一个很漂亮的冰激凌蛋糕，是巴勒斯先生亲手做的。他曾经说过，烘焙是所有艺术中最高级的艺术，因为它是唯一可以让眼睛和胃同时得到享受的艺术。

每个吃过巴勒斯先生做的蛋糕的六年级学生对此都表示赞同。

这个蛋糕是黄色的，里面有冰激凌夹层，外面包裹着白色的奶油。蛋糕顶部是用糖浆画的五颜六色的气球，每只气球都用一条细线连向一个同样用糖浆勾绘的班里同学的卡通形象。汤米认出了努

① 爱瑟星球上的月亮的名字。

力举着手风琴弹奏的帕特里克、转动着汤姆·布雷迪亲笔签名橄榄球的詹姆斯、牵着小马缰绳的爱丽丝——那匹马并没画在蛋糕上，以及为了能长胖点而大口吞着花生酱三明治的杰瑞米。

“赶紧切吧。”詹姆斯说。

汤米开始切蛋糕了，四周的同学一开始还在笑，但渐渐地，笑声停了下来。当汤米要将爱丽丝的那块蛋糕递给她时，教室里已经鸦雀无声。

“哦，天哪！”爱丽丝叫道。

“你没事吧？”汤米说。

“你是怎么做到的？”巴勒斯先生问。

“做到什么？”

“那个。”詹姆斯指着那块蛋糕说。

汤米举起盛着蛋糕的纸盘，注视着它。

他竟然是沿着爱丽丝的形象轮廓将蛋糕切下来的。他沿着“她”的身体和“她”手中牵着的小马缰绳，沿着那条引向“她”的、用糖浆画的细线和那只气球，把这一小块蛋糕从整个冰激凌蛋糕上切了下来。简直太完美了！

“下一个切‘我’！”帕特里克说。

“我不知道我是怎么做到的。”汤米说。

“快切‘我’！”帕特里克催促道。

于是，汤米把帕特里克的形象，连同“他”的手风琴、细线和气球一起切了下来。然后,他把切好的这一小块蛋糕取出来放到纸盘上。又一次,完美完成。

“这太不可思议了!”巴勒斯先生说。

汤米觉得自己也应该感到不可思议才对,可他并没有。他表现得仿佛这是世界上再平常不过的事了。他又切下了“詹姆斯”和他手中那个旋转着的橄榄球,切下了“哈里特”和她的乐谱(她想成为一名作曲家),切下了“乔治”和他的显微镜(他想成为第一个看到原子的人),切下了小个子“杰瑞米”和他的花生酱三明治,以及其他所有人的形象——完美得不能再完美了!

等他全部切好以后,巴勒斯先生问他能不能不沿着图案的轮廓,而是随便切出个什么形状来。汤米便在蛋糕上找了一块没动过的地方,切出一个螺旋的、长漏斗似的形状,末端像个喇叭似的向外展开着。

巴勒斯先生问汤米这是什么,汤米非常惊讶地看着他。他竟然不知道?!答案不就在眼前吗?!当然是哈诺拉号呀——汤米这样告诉他。

“哈诺拉号?”巴勒斯先生疑惑地问。

汤米点点头。巴勒斯先生居然不知道哈诺拉号是什么,这真令他难以置信……而更令他不解的是,巴勒斯先生竟然承认自己不知道哈诺拉号是什么。

巴勒斯先生俯身去拿字典,汤米从冰激凌蛋糕上取下切好的

“哈诺拉号”，放到巴勒斯先生的纸盘上。

“哦，天哪！”爱丽丝又叫了出来。

“H-A-N……然后呢？”巴勒斯先生一边翻着字典一边大声问道。

“H-A-N-O-R-A-H，HANORAH。”汤米说。

“字典上没有这个词呀。”巴勒斯先生说。

汤米走过去，舔着手指头说：“肯定有的。”

巴勒斯先生摇了摇头。

“战斗取得胜利后，会吹响哈诺拉号。新年第一天的第二次日出时，也要吹响它。”汤米说。

“一天只有一次日出，汤米。”巴勒斯先生说。

汤米点点头。“我知道。”他说。但突然间，他又不那么确定了。一天真的只有一次日出吗？

帕特里克问能不能把剩下的蛋糕也分给大家。还在查字典的巴勒斯先生告诉他，如果汤米愿意切，他们就可以吃。汤米当然愿意。他决定用直线来切剩下的蛋糕，只不过，切直线并不像他想的那么容易。等他切完时，他身上都出汗了——八成是因为今天太暖和了。汤米想把刀子还给巴勒斯先生，可巴勒斯先生又从讲桌的抽屉里拿出一本字典，开始查阅起来。

他还是没有找到“哈诺拉号”这个词。

不过最后，他没有忘记送给汤米一份傻兮兮的生日礼物——一个盐瓶。

没有人笑。大家还没从刚才的事情中缓过神儿来,没工夫笑话这个礼物。

那天下午,汤米一手拿着他的午餐盒——谁知道它现在还算不算个午餐盒,一手牵着妹妹回家。帕蒂上一年级了,她认识回家的路,不是非要哥哥牵着她走。她甚至知道怎么乘校车回家,只不过坐校车就意味着她得和“大嘴巴”的谢丽尔·兰普金待在同一个空间里。有时候,她就是想和哥哥一起步行回家,因为她有点儿害怕——倒不是怕谢丽尔,汤米知道其中的缘由。只要她需要,不论何时,汤米都会牵住她的手。

他从来没跟她说过,他有多乐意这么做。

今天他们决定绕点远路回家。他们沿着水滨街往前走,经过普利茅斯岩的凉亭,穿过停车场,走下台阶,来到了港口边的沙滩上。普利茅斯港的海水把小石子儿冲上来,然后带回去,再冲上来,然后再带回去,周而复始。汤米的目光越过船只和海港尽头那长长的海岬,望向远方曲折的海平线,那里有浮标在鸣响。汤米突然意识到自己正在想念着什么,而且那想念的感觉非常强烈。

帕蒂松开他的手,蹲下去拨弄漆黑发亮的贻贝。

他想念第二个太阳。

他想念恒吉斯特。

天空的颜色有些不太对劲。对一天中的这个时段来说，那蓝色太深了。

汤米从书包里拿出笔记本，撕下一页，又在书包里四处翻找能画画的工具。他只找到一截儿又短又秃的铅笔头儿，不过也能凑合着用了。他很快就画出一条海平线，画出光芒四射的恒吉斯特，然后画出海岬、港口和船只；他画出海水泛起的涟漪，画出黑色贻贝散发着的咸腥气味，画出石子儿被海水反复冲刷时发出的声音，以及浮标的鸣响；他画出正在贝壳上戳来戳去的帕蒂，画出帕蒂看不到的、藏在贝壳底下的小螃蟹和它们窜来窜去的样子；他画出潮水从沙子下面渗出来，沿着形成的一条条小沟把沙子带走，画出海藻散发的碘的气味，画出涨潮时海藻在水下舞动与摇摆的姿态……

汤米突然停了下来。他眨了眨眼睛，强迫自己把手从纸上移走。他想要张开手，没有成功，他又试了一次，终于张开手把铅笔丢了出去。

他看着自己画的画，听了听，闻了闻，又摸了摸。

他竟然听得到画里的声音，闻得到画里的气味，触摸得到画里的一切。

汤米迅速把纸揉成一团。石子儿摩擦的声音越来越小，越来越小，越来越小，然后就什么都听不见了。他把揉皱的纸团塞进书包，没有去捡那截儿又短又秃的铅笔头儿。

“帕蒂。”他喊了一声，向她伸出手。

她看着他。

他的手在微微地颤抖。

汤米带着妹妹往家走去。他走得很快,直到帕蒂要小跑着才能跟上他,汤米才放慢了脚步。每次他们在街角停步时,那股海藻散发出的碘的气味就会扑鼻而来,汤米分辨不出那气味是从海港吹向内陆的风带来的,还是从他的书包里飘出来的。他决定还是谨慎点好。在他们经过一个垃圾桶时,汤米迅速掏出那个揉皱的纸团扔了进去。就在那一刻,他觉得有海水冲刷鹅卵石的声音在耳边响起,如同他站在沙滩上时听到远方海平线处的浮标发出的鸣响。

他们走过整洁有序的精品店和商店,店外摆放的花箱里种满了晚开的矮牵牛;走过专门接待游客的餐馆、停车场,还有服务周到的游客信息亭;走过大片大片的绿草坪,它们的所有者是住在后面那些白色海景别墅里的人。他们越往前走,道路两边的房子越小,门前草坪的面积也越小。走到最后,那些房子前面根本就没有草坪了,只有几道杂乱的树篱。

走过那些房子以后,脚下的路逐渐狭窄、崎岖起来,变成了一条石子儿小路。这条路一直通向北面的海滩。路的一侧立着一块广告牌,上面写着:"朝圣之路公寓即将开盘!海岸生活,高端尽享!"

绕过那块广告牌,汤米家那栋孤零零的老房子就斜斜地立在一座沙丘前。通往房子的木踏板是用铁道轨枕铺成的,房前没有绿色的草坪，只有灌木丛和沙子，给房子刷的白色油漆也在常年的风吹日晒下剥落得差不多了。房顶上有一根烟囱，连着屋内的壁炉，那烟囱也是斜的，上面还缺了几块砖。

汤米和帕蒂打开门，门发出刺耳的嘎吱声；他们走进前厅，脚下的地板嘎吱作响；等他们把书包扔到楼梯上，楼梯也开始跟着嘎吱嘎吱地响个不停。汤米觉得，这房子已经靠在沙丘上太久了，它累了，随时都可能垮掉——正像他爸爸这几个月以来的情况一样。

汤米从未邀请朋友到他家这栋饱经风霜、歪歪斜斜的房子里来过。帕蒂也没有。汤米觉得，也许他们永远都不会请朋友来。

汤米走进厨房。这里的地板响得没那么厉害，因为地上铺着一层蓝色印花油毡。透过蓝色油毡上的窟窿，汤米能看到下面铺的那层红色油毡，再透过红色油毡磨破的补丁，看到下面宽宽的木地板。爸爸和妈妈曾经说过，总有一天，他们要掀掉这些破破烂烂的油毡，把木地板弄平整，然后打磨得像肥皂一样光滑。这是爸爸和妈妈想要一起完成的事。

总有一天。

爸爸正在厨房里做生日蛋糕，是一个巧克力生日蛋糕。汤米很喜欢吃巧克力，所以就算爸爸把蛋糕做得歪歪扭扭的，他也不在意。

“你今天过得怎么样？”爸爸问。

“挺好的。”

“都干了什么？”

汤米走到蛋糕前，用手指抹掉蹭到盘子上的巧克力糖霜："挖恐龙骨头。"

"你们是怎么处理那些骨头的？"

"卖给波士顿科学博物馆，赚了点钱。"

"你分到多少……？"

"五十万美元。"

"一天就赚了这么多，真不错。"

"只干了几个小时。"汤米说。

"几个小时就赚了这么多，真不错。"

"马马虎虎吧。"汤米走到蓝色印花油毡最大的一个窟窿前，蹲下去，扯了扯下面露出来的红色油毡上的补丁，"你好奇过吗，如果我们把这些都掀开，下面的地板是什么样子的？"

爸爸舔掉手指上的巧克力糖霜。

"好奇过吗？"

爸爸摇摇头。

汤米低头看着那块补丁。"我好奇过。"他说。

爸爸又舔了下手指，然后望向窗外的大海。"你妈妈从前总是很好奇。"他平静地说。然后，他低下头，继续往歪歪扭扭的生日蛋糕上涂抹巧克力糖霜。

"我们要不要试试？"

爸爸耸耸肩，继续给生日蛋糕抹糖霜。

总是这样。一提到汤米的妈妈，对话就不再继续了。

汤米上楼去了。他住在阁楼，这间阁楼和整栋房子一样宽，在他出生前曾被爸爸妈妈用来当画室。那时，妈妈会坐在一边画肖像画，爸爸则坐在另一边画海景。汤米搞不懂他们俩怎么会愿意待在这里画画，因为尽管阁楼的平面面积很大，但汤米只有走到阁楼的正中间时才能完全直起身子，整个房顶从中间向两边往下倾斜，最矮的地方大概才到他的膝盖。不过，从南面的窗户可以俯瞰整个小镇，从北面的窗户可以眺望绵延的海岸线。夏天，窗户开着，阁楼里总是很凉爽；冬天，壁炉里燃烧的火焰顺着烟囱管道，将温暖送进阁楼。在炉火熄灭以后，汤米才会在寒冷的空气中看到自己白雾般的哈气。

除此之外，在阁楼里，一年四季都能听到海浪的声音。海水伴着潮汐起起落落，永不停息。

那天晚上，汤米、帕蒂和爸爸在外面的沙丘上做饭。他们加热了前一天剩下的蛤蜊浓汤，把枫糖浆涂在玉米面包上，把刚从菜园里拔出来的胡萝卜煮熟，倒上自己酿的苹果酒。然后，爸爸和妹妹跑回屋，捧出那个歪歪扭扭的巧克力蛋糕，接着每走几步就要停下来，拿起一支仍在燃烧的蜡烛，重新点燃那些被海风吹灭的蜡烛。天越来越冷，越来越暗，海面上空已经出现第一颗星星了。今天是汤米的十二岁生日。他已经活了四千三百八十三天。其中的四千一百二十六天，他是在妈妈的陪伴下度过的。失去妈妈后，他又度过了剩下的二百五十七天。

黑暗中，他脖子上戴的那条项链在衣服下面闪着柔和的光。

爸爸和帕蒂把那个歪歪扭扭的巧克力蛋糕放到火堆边，上面的一些蜡烛还没有熄灭。帕蒂又跑回去取了盘子、叉子和切蛋糕的刀。

汤米拿起切蛋糕的刀。“等一下！”爸爸说，“在你切之前我们得先唱生日歌。”

然后他就唱了起来。“祝你生日快乐！祝你生日快乐！”他一边唱，帕蒂一边随着节奏左右摇摆，脸上挂着开心的笑容。海风轻抚着那些蓝色、金色和红色相间的小火苗，火光仿佛更亮了。

海风拂过汤米的脸颊，他望向大海，第一颗星星正将光芒投射到他身上。除了妈妈，他爱的人都在身边。汤米感觉胸前的项链在微微发热，他也唱了起来。他歌唱离别和悲伤，歌唱不得不离他而去的朋友和亲人，歌唱没有其他星星陪伴的孤星的寂寞。他的歌声嘹亮，像风声一样高亢，那旋律仿佛与奇异的星光交织在了一起。他还听到了赫瑞丝从海面上升起的声音，他也为此而歌唱。

唱完之后，他看了看爸爸和帕蒂，他们正一脸震惊地注视着他。他还从妹妹的眼神中看出她有一点点害怕。

“怎么了？”他问道。

3

蒙杜斯王勃然大怒

在爱瑟人的议事厅里，蒙杜斯王将滔天的怒火都发泄在了小威格林——最后一个忠诚的维洛人身上。但是，小威格林既没有瑟瑟发抖，也没有犹豫退缩。蒙杜斯王又怒又恨，他发誓一定要让小威格林生不如死。此时，就连欧曼怪都要对这个忠诚的维洛人心生怜悯——如果它们有心的话。

小威格林拒绝说出他把维洛艺术藏在了哪里，蒙杜斯王下令把他关入雷塞德城堡地下最深处的监牢。在那里，他将再也看不到双日闪耀的光辉，看不到旋转的赫瑞丝那温柔的光芒。面对即将到来的厄运，小威格林没有表现出丝毫畏缩，只是在被带下塔楼、一步步走入雷塞德城堡地下深处之前，他用目光搜寻着每一扇窗，仿佛要将窗外的每道光线都珍藏在内心深处。

当走过最后一扇窗时，小威格林突然使出十二分的力气，冲向了押送他的欧曼怪。一番搏斗后，有好几个欧曼怪怕是再也见不到大海了，但最终，小威格林还是被拖进了地下最深处的黑暗之中。

维洛人从未到过如此深的地下，蒙杜斯王通过自身的艺术发现了这里。这里深到连火把的光亮都变得暗淡了许多，头顶上的石头压得很低，像是随时都会重重地砸下来，欧曼怪们都感到有些害怕了。

它们把小威格林推进一间没有一丝光亮的牢房，用也克拉特[①]封上门，除了欧曼怪，没人能将牢门打开。

小威格林闭上双眼，将环境的黑暗阻隔在了心墙之外。

此时，在爱瑟人的议事厅里，高坐在十二圣座首位的蒙杜斯王已经组建了新的议会，议会成员都是维洛人中的叛徒。坐在第二圣座上的是残酷的赛斐，他的残暴程度仅次于蒙杜斯王；太格里和尤里两兄弟，他们在决战索尔格荒原时就已叛变，只是没能助蒙杜斯王取胜；然后是骗子欧斯利、贪婪的凯勒、破坏者沃尔、贝林和刀疤贝拉林两兄弟、瑞姆林和杀害艾格雷斯[②]的那林；坐在最末位圣座上的是瞎子弗莱林。

这些就是坐上十二圣座的新议员。他们上任的消息传遍了整个星球，爱瑟人无不为自己在有生之年目睹这样的事情发生而悲愤不已。

---

①一种由金属制成的绳索。

②来到爱瑟星球上的第一批维洛人中的一位。

但蒙杜斯王的内心并没有因为这场胜利感到丝毫喜悦，反而充满了失望与不甘。下落不明的维洛艺术让他心烦意乱，他反复琢磨着要如何才能让小威格林开口。在维洛人拥有的所有财富中，他们的艺术是最珍贵的，力量也是最强大的，蒙杜斯王极度渴望将其据为己有。

这时，太格里和尤里来到蒙杜斯王面前。他们俩一个高瘦白皙，说出的话像温热的麦露斯[①]一样顺滑，另一个含胸驼背，眼睛如陈年的冰雪一样阴冷。

蒙杜斯王毫不掩饰自己对维洛艺术的野心。“我一定要将维洛艺术收入囊中！”他说。

“我们只需严刑拷问小威格林，逼他说出维洛艺术的下落。”尤里说。

“他死都不会说的。”

“那就让他死好了。”尤里说。

太格里伸手拍了拍兄弟的肩膀。“那我们就永远都得不到维洛艺术了。”他说，“对付这种涉世未深的毛头小子，我还有更好的办法。”

蒙杜斯王在圣座上向前探了探身。

“请您把我们送进关押小威格林的地牢。”太格里说，“我们会换

①一种甜饮料。

上反抗军的衣服，不带兵器，不穿盔甲，身上看不出一点儿贵族的痕迹，然后，让欧曼怪把我们押下去，与小威格林一起关在黑暗的牢房中。”

“然后呢？”蒙杜斯王问。

“孤独和绝望会像长着利爪的威特瑞龙[1]一样在他心中抓挠。”太格里说，“而到时候，除了我们，他还能去和谁交流？他一定会敞开心扉的，而我们很快就能知道维洛艺术的藏匿之处了。”

蒙杜斯王十分满意。

太格里和尤里按照计划来到地牢，也克拉特被解下、牢门被打开。牢房里实在太黑了，即使有火把微弱的光亮，小威格林依然什么也看不见。他只能听到欧曼怪沉重拖沓的脚步声，以及两个人夸张绝望的喊叫声。接着，他听到牢门“当啷”一声被重新关上，也克拉特再次封住了牢门。

“朋友们，”小威格林说，“告诉我你们是谁。”

太格里将他准备好的故事，包括他们是如何反抗蒙杜斯王，战争是如何惨烈，他们是如何被打败、被擒获，然后又被判刑的全过程讲给了小威格林听。

“蒙杜斯王睚眦必报，绝对不能惹怒他！”尤里最后补充道。

随后，他们一起坐在黑暗中，沉默不语。四周一片死寂。

---

①一种外星爬行食肉动物。

小威格林坐得离他们稍远一些。

而在离这儿不远的爱瑟城中，有个名叫伊尔嘉的男孩渐渐进入了梦乡。梦里，他被人们称为——勇敢者。

4
发热的项链

清晨,跟往常一样,汤米被煮开水的响声吵醒了。他套上运动衣,披上毛毯,从阁楼房间走下来。与此同时,帕蒂也一边打着哈欠,一边从卧室里走了出来。汤米使劲揉了揉她的头发,帕蒂摇着脑袋甩开他的手,摆出一副被惹恼了的样子,其实并没有真的生气。他们俩端起厨房里两大杯冒着热气的巧克力,走到外面的沙丘上,昨晚烧剩的柴火已经被爸爸重新点着了。

爸爸招呼他俩在自己身旁坐下,然后轻轻抿了口茶。

他们一起看着大海。每一刻都是不同的景象。起初,他们只能看到近处的海浪和远处腾起的白色浪峰。不久,天空从黑色变成了紫色、浅紫色,然后越来越浅,越来越浅。接着,星星全都藏了起来,即使你一直目不转睛地看着它们,也无法捕捉到它们离开的瞬间,仿佛在你眨眼的那一刹那,它们就一下子消失不见了。

随后,海平线像弯弯的、微笑着的嘴巴,渐渐呼出了粉色、黄色和橙色，世间万物开始变得越来越明亮，越来越清晰。忽然，帕蒂手指着前方让他们看：一轮红日终于从海平线上露出头来，给蓝色的海水镀上了一层紫晶色。

汤米、帕蒂和爸爸在晨晖中碰杯。帕蒂捋了捋头发，开心地笑了。“早上好。”爸爸说。“早上好。”汤米说。这是他们今天的第一次对话。

他们三个一起看了二百五十七次日出。一次都没有错过。

在有的日子里，比如今天，汤米希望帕蒂能开口说句“早上好”，就好像那是世界上最自然不过的事。

可她没有。

在有的日子里，比如今天，当看到爸爸凝视着大海上的色彩变换，眼睛发亮，两只手紧紧扭在一起，汤米希望他能重新支起画架。

可他没有。

起雾了，冰凉潮湿的雾气遮住了太阳。回屋吃完早饭，汤米和帕蒂准备去上学，爸爸帮他们打包午饭。

“汤米，你的午餐盒呢？”

“我落在学校了。”

“可家里只有牛皮纸袋了。”

“没问题，爸爸，就用那个装吧。”

他们走出家门，雾气此时已经蔓延到了海岸上，天更冷了，空气也越发潮湿。汤米和帕蒂决定去坐校车。他们急匆匆地走到石子儿路的尽头，只等了一两分钟，就看到校车从雾气中缓缓地驶来。他们爬上车，跌坐在破旧的塑料椅子上，随着车子一起颠簸着朝学校开去。

在像今天这样的日子里，车上没开暖风，汤米能清楚地看到自己和帕蒂口中呼出的哈气。

也只有在这样的日子里，他们才有可能和大嘴巴谢丽尔一起乘坐校车。

汤米知道她就在车上，因为她的嗓门儿比三面特拉普鼓[1]的鼓声还要大。一面特拉普鼓的鼓声就能把一只威特瑞龙惊得从天上掉下来。三面特拉普鼓能震碎一座冰山。这天早上，谢丽尔用她那三面特拉普鼓的鼓声那么响的大嗓门儿告诉全校车上的孩子们，她觉得汤米兄妹俩穿的衣服蠢极了。总之，她的挑衅是从这个话题开始的。

“汤米！”谢丽尔大声喊道。

汤米并不想搭理她，可是，要装作没听见那个能与三面特拉普鼓相媲美的大嗓门儿实在是太难了，尤其当你就坐在她前面三排的时候。

“汤米，你那件夹克看起来还真不赖嘛！你从三年级就开始穿了吧！”

---

①一种声音响亮的乐器。

校车上爆发出一阵大笑。汤米看着车窗外雾气朦胧的世界，叹了口气。还有多久才到圣诞假期呢？

“我敢打赌，再多缝几个补丁，你都能穿着它上完高中！”

“谢丽尔，闭眼睡会儿吧。”汤米说。

“我倒是想睡呀，可是帕蒂的帽子太晃眼了！汤米，那是什么颜色呀？是橙色警报的橙色吗？”

校车上又是一阵哄堂大笑。

“我从来没见过这种颜色的东西。我估计，不会有人见过的。”

汤米伸出手臂，把帕蒂往身边搂得更近了些。

“她说话了吗？”谢丽尔叫道，“嘿，帕蒂，你怎么不会说话呢？”

汤米搂紧帕蒂。即使在这辆昏暗寒冷的早班校车上，那条银绿色的项链依然贴在他的胸前，带给他一丝暖意。

汤米感觉谢丽尔在他身后站了起来。他确实感觉到了。他感觉到了她那又高又壮的庞大身躯在颠簸前行的校车上站起来时发出的动静。尽管谢丽尔只是一名小学六年级的学生，可她看起来完全像一名初中生，甚至是高中生。她也会像有的高中生一样说脏话、随地吐痰，还会打架。

项链的温度在升高。汤米感觉到谢丽尔正骂骂咧咧地穿过校车中间的走道，朝他们走来。他看了看帕蒂，有些后悔他们今天没走着去上学。

“我听说，汤米的生日礼物是条项链。”谢丽尔说。

汤米感觉自己的手攥成了拳头。

她站到他旁边，随着校车来回晃动着："汤米，给我们看看你那条漂亮的项链吧。"

"回你的地盘去，谢丽尔！"

"你没听见我说的话吗，汤米？把你那条漂亮的项链拿出来！"她一把抓住汤米的手，往她身前一拽。

汤米使劲把手抽了回去。他的呼吸有些急促。

"我可不想弄伤你，汤米。我不过是想见识见识你那条漂亮的项链而已。"

项链开始发热了。

汤米想象着谢丽尔屁股着地、沿着校车的走道一路往后滑过去的样子；她的四肢在空中胡乱挥动着，嘴巴张得大大的，拼命尖叫，两只眼睛也瞪得滚圆滚圆；每个人都在哈哈大笑，这辆旧校车上从未有过如此震耳欲聋的哄笑声；而他看着帕蒂，帕蒂靠在他的肩膀上，说："汤米，这可太好玩儿了！"

这就是谢丽尔第二次伸手去抓汤米手的时候，汤米在脑海中想象的场景。

接下来，汤米体会到了一种他之前从未有过的感觉。他感觉自己的手慢慢地、不受控制地抬了起来，手指张开……

"我还没看到那条漂亮的项链，汤米。"

他感觉自己的手将帕蒂呼出的冰冷哈气围拢在一起，转着圈地挥动着。

“你干什……”

谢丽尔的话还没说完，就听到身后爆发出一阵哄笑声。她转过身：“什么？”接着，她听到校车的前面也爆发出同样的笑声。她又转过身：“你们笑什么？”这时，又有人从校车后面发出“哞哞”的叫声，她再次转身。笑声更响了。

谢丽尔瞪了一眼汤米，然后看向自己身后，只见一团由浓雾形成的奶牛的后半身，就连在她的屁股后面。

“嘿！”她大叫了一声，挥手把那团雾气打散，可它们马上又重新组合成原来的形状，紧紧地贴在她身后。她反复挥动手臂想把它赶走，但就是摆脱不掉。

“你跟我玩什么把戏呢?！”她冲汤米吼道。其实汤米根本没听清她在说什么，车上的笑声太大了，他觉得大概就是这个意思。

又有人学奶牛“哞哞”叫。谢丽尔猛地转过身，奶牛的后半身始终跟在她屁股后面。真是太令人不可思议了！她想走回自己的座位，但不知道是不是她的脚——或者说她的后蹄，被绊了一下的缘故，她一屁股坐到了地上，把奶牛的后半身给压扁了，压得完全不见了踪影。然后，她就在众目睽睽之下，一路顺着走道向车尾滑了过去，把大家这一早晨在车厢地板上踩来踩去留下的泥水全都蹭到了自己身上。

这一切都与汤米想象中的场景一模一样，除了最后一部分——

也是他最想见到的那部分。

谢丽尔开始高声尖叫，叫声足有四五面特拉普鼓那么响，汤米觉得那音量足以把全世界所有冰山都震碎。司机格伦先生不得不暂时把校车停在路边，走到车厢后面，试图让谢丽尔平静下来。但她还是不停地尖叫。格伦先生只好先把她从地上拉了起来。然后，吉莉安·唐纳森说，她看到汤米给谢丽尔安了个奶牛屁股，还推了她。格伦先生说，他觉得汤米不太可能给谢丽尔安上个奶牛屁股，还把她一直推到车厢尾部。这时，谢丽尔开始像六面特拉普鼓那样尖叫起来。格伦先生告诉汤米最好在其他人下车后留下来，然后他们一起看看该怎么办。

到了停车场，格伦先生在一年级走廊门前打开车门，汤米让帕蒂先下车，以免被牵扯进来。接着，格伦先生又把车开到六年级走廊门前，在一片沉默中，大家缓慢地站起身，依次下车。谢丽尔揉着腰从汤米旁边走过，气哼哼地瞪了他一眼，还骂了几句高中生才会说的脏话。其他人都没有开口同他说话，但透过车窗，汤米看到詹姆斯和帕特里克正穿过停车场朝他坐的校车跑过来。他们肯定从之前下车的人口中得到了消息，两个人笑得就像真理和正义终于取得了胜利似的。或许，事实也的确如此。

“你最好去找校长茨威格先生解释一下这件事。”格伦先生说，“倒不是因为这是什么了不得的大事，她肯定是自己绊倒了滑到后面去的。可是她的身份……”

“谢丽尔的身份？”

“准确地说，是她爸爸的身份……”

“就算她爸爸是副州长，她也不能随便欺负别人吧。”

“可惜，那些手握预算、负责雇佣和解雇校车司机的人并不记得这一点。所以，你最好去一趟校长办公室，去之前跟你的班主任先打个招呼。我也会顺道去跟茨威格先生说明的。”

于是，汤米和詹姆斯、帕特里克一起来到教室，告诉巴勒斯先生整件事情的经过。巴勒斯先生听完，同意汤米先去校长办公室，还跟汤米说自己一直在查“哈诺拉号”这个词，问他字母有没有拼错。随后，汤米去了校长办公室，校长秘书麦莱蒂夫人让他进里间等，说茨威格先生一会儿就回来，还提醒汤米什么东西都不要碰。

就这样，汤米坐在茨威格先生办公室的沙发上，只是四下张望，什么都没碰。

画架上有一幅画。

是茨威格先生正在画的一幅画。

汤米感觉胸前的项链又一次变得温热起来。

在办公室的荧光灯下，黑色的丝绒画布泛着淡淡的光泽，上面用白色的线条勾勒出一座山和山腰上一栋精致的小房子，还有一只山羊。线条间的区域里标着很多数字。在画架旁边的桌子上有一支画笔和五十个小小的塑料颜料盒，每一个盒盖上都印有编号，对应着黑丝绒画布上标着的那些数字。

汤米走到画架前端详。茨威格先生已经完成了大约一半的填色,包括大部分山和一部分小房子。

这幅画,汤米心想,很卢卡[①],相当卢卡,也许是他见过的最卢卡的东西。

他可以改变它。

有那么几秒钟，汤米觉得他还是应该像麦莱蒂夫人交代的那样,不去碰这间办公室里的任何东西。可是这幅画太卢卡了,他实在是忍不住。他打开大部分颜料盒的盖子,拿起画笔。这栋小房子真是太可笑了,墙壁上绘着繁复的花纹,还有一扇哥特式的窗户。山里的房子怎么会有这么花里胡哨的墙壁和哥特式的窗户?!他先用黑色的颜料盖住茨威格先生画的那些花纹，接着用锈棕色盖住黑色,然后又加上一些灰色,再把这几种颜色混合在一起。这时,小房子看上去就像那种在山中经受过多年风吹雨打的样子了。

接下来,他觉得那只山羊看起来也很可笑。它待在那里一动都不动。汤米用画笔蘸了些灰色颜料,又蘸了点白色颜料,重新画了那只山羊。不一会儿,山羊开始吃草了,看上去一副若有所思的样子,就和其他山羊一样。汤米又调整了一下山羊的胡须,让它看上去更神气一些。

然后,他看向那座山,山同样很可笑。如果一座山长成这副模

①脏的,丑的,令人厌恶的。

样，没人会在这里盖房子的。他用画笔蘸了些深绿色，又蘸了点红棕色，重新画那座山，把山峰画得低矮圆润，山间的绿草在疾风的吹拂下纷纷弯下了腰。

他为天空涂上很浅很浅的蓝色，又画上两个太阳。他向后退了退，然后为房子和山羊画上短短的影子。他又向后退了退，好看看影子的角度是不是正确……就在这时，茨威格先生回到了他的办公室。

有好一阵子，办公室里静得出奇。

汤米观察着茨威格先生的表情。

他觉得茨威格先生应该会很开心，毕竟那幅画原来是那么卢卡，太卢卡了，都卢卡到法赫[1]的程度了！而现在，如果让汤米自己评价的话——它已经焕然一新，接近宜尔丽尔[2]了。所有人都看得出来。

显然，不包括茨威格先生。

“你都干了些什么？”他说。

“我把它画完了。”汤米回答。

“这幅画我都画了两年了……”茨威格先生说。

“现在它完成了。”汤米说。

---

①令人非常非常厌恶的。

②美丽的或可爱的。

“那座山是怎么回事？”

“它需要……”

“还有那房子？你知道我画那些花纹画了多久？”

“可是它们……”

“我画了好几个月！”茨威格先生说。

汤米觉得他还是不要说那座小房子之前看起来有多可笑了。

“那只山羊在干什么呢？”

“吃草呀。”

茨威格先生凑近了些:“它看起来好像确实在吃草。”

当然了,汤米心想。

茨威格先生摘下眼镜:“它真的在吃草！”

汤米点点头。

“它的嘴在动！”

汤米又点点头。

茨威格先生转过头来，看着他:“你是怎么让它的嘴巴动起来的？”

汤米十分惊讶。这不是明摆着的吗？“用斯瑞博尔[1]画法呀。”他说。

“斯瑞博尔画法？”

---

①维洛人的一种艺术创作方法。

“斯瑞博尔画法。”汤米重复道。全世界的人都知道斯瑞博尔画法吧，为什么茨威格先生不知道呢？

茨威格先生又转头去看那幅画：“你怎么能画得这么快？”

汤米耸耸肩。他也不知道。他希望茨威格先生能为那幅画不再卢卡了而感到高兴。但他不确定茨威格先生现在是不是高兴。

“斯瑞博尔画法？”茨威格先生又问了一遍。

汤米点点头。

茨威格先生向他的办公桌走去，目光仍然停留在那幅画上，所以根本没注意到自己撞到了桌角，文件都飘落到了地上。汤米捡起文件放回办公桌上，茨威格先生在他对面坐了下来。

“我猜，你是用了某种电脑芯片吧。”他说。

“用来干吗？”汤米问。

“用来操控那个什么斯瑞博尔画法。”

汤米决定还是点头算了。这样要省事得多。

茨威格先生看了看汤米，又看了看那幅画，然后又看了看汤米。他咳嗽了一声，说：“我了解到，今天的校车上发生了一些事。”

汤米点点头。

“谢丽尔·兰普金在校车走道里摔倒了？”

汤米又点点头。

茨威格先生看着那幅画，然后转回来看着汤米。

“谢丽尔·兰普金在校车走道里摔倒了？”

汤米不停地点头。

“你推她了？”

“我没有……”

茨威格先生又转头去看那幅画。

“……推她。”

茨威格先生站起来，走到那幅画跟前。“这只山羊看上去的确像在嚼着什么东西。”他说。

“嚼的是草。”汤米说。

“肯定是草！”茨威格先生说。

“我没有推谢丽尔。”汤米说。

“你说什么？”茨威格先生又看了一眼汤米。

“我没把谢丽尔推倒在校车的走道里。”

“你当然没有。我没说是你推的，汤米，我只是想弄清事情的经过。”他回头看着那幅画，“真不敢相信你能画得这么快。有人帮你吗？”

汤米摇摇头。

“一个人都没有？”

“没有。”汤米说。

茨威格先生伸出手，好像要去抚摸那幅画：“它可真……”接着，他摇了摇头，转身看着汤米说：“甭管校车上发生了什么事，反正这里是被你弄得一团糟了。你最好拿上这些颜料盒和画笔，到卫生间去好好清洗一下。一定要把盖子洗干净,别让颜料滴得到处都是。给你,你最好把整个盒子都抱过去。”

汤米听话照办。

茨威格先生转过身,继续注视着那幅画:“它看起来真的像在嚼东西……”

汤米朝卫生间走去。他不确定茨威格先生的画他是不是真的改对了,在当时那种情况下,他觉得自己只能那么画。他有些好奇,如果他画的是第一次日落后的山景,画面会是什么样的呢?那可能就真的堪称“宜尔丽尔”了。他可以为山丘画上长长的阴影,让小房子的窗户上映出摇曳的灯光,让那只山羊在傍晚的冷风中冻得直跺蹄子。第一次日落后,恒吉斯特的光芒斜斜地洒下来,整座山都像是笼上了一层橘色的微光。

汤米打开卫生间的门,里面空无一人。他走进去,把画笔和颜料盒放到其中一个洗手池里面,然后看了眼墙上的镜子。他看到自己身后那面空白的瓷砖墙壁,宽宽的,白白的,算不上卢卡,但是绝对很尤非尔①。

汤米笑着拿起了画笔。

---

①不美,也不算很丑,介于这两者之间。

汤米把清洗干净的颜料盒和画笔送回校长室。茨威格先生正一动不动地坐在那幅画跟前。汤米轻轻地将东西放到画架旁的办公桌上,又轻轻地关上门离开。

等他一回到巴勒斯先生的教室,同学们都抬起头,哄堂大笑起来。只有谢丽尔一个人没笑。

"我们差点儿以为茨威格先生把你就地处决了。"巴勒斯先生说。

"真可惜没有。"谢丽尔说。

汤米坐到自己的座位上。

"我们正在学习循环系统。"巴勒斯先生说,"汤米,把书翻到第一百五十二页,之后我会找时间给你补上你错过的内容。"

汤米点了点头。

"他没处决你真是个错误的决定。"谢丽尔小声说道。

"你爸妈生下你才是个错误的决定。"汤米一边小声说着,一边打开书,翻到"循环系统"那一章。

他叹了口气,在心里再次计算着离圣诞假期还有多少天。他翻到书的第一百五十二页,上面印着一幅画,是人体的动静脉图。汤米盯着那幅画,感觉项链又开始发热了。他拿起一支铅笔,接着又放下。他很肯定,要是被巴勒斯先生发现他在《科学》课本上涂涂画画的话,他绝对会吃不了兜着走。可是,如果添上那么几笔,他就能展现出血液是怎么在这些动脉和静脉中循环的——鲜红的血液从心脏泵出，流经身体的各个部位，比如手指尖，然后颜色变蓝，速度放缓，像是走累了似的，最终流回心脏。花不了多少工夫的。他只需要——汤米拿起铅笔——立即开始画就行了。不对，不是这个颜色。汤米放下铅笔，从课桌里找到铅笔盒，打开，拿出红蓝铅笔，然后直接从血液自心脏流出开始画起。他沿着血液的流向，让铅笔从这里画到那里，再到这里，然后……

汤米感觉项链变得更热了。他画得飞快。

画着画着，汤米感觉到巴勒斯先生站到了他旁边。

他抬起头。

巴勒斯先生正在看那幅人体动静脉图。

巴勒斯先生的嘴巴张着，张得很大。

巴勒斯先生用手捋了捋头发。

他弯下腰，盯着汤米的课本。

“汤米，”他说，“我能看见血液在流动。”

当然了，汤米心想。他往后一靠，吃惊地发现班里的所有同学，包括谢丽尔在内，已经都挤到了他的课桌前。

“斯瑞博尔画法。”汤米轻声地说。

就在这时，一名勤杂工拿着一张纸条走进教室，把它递给了巴勒斯先生。巴勒斯先生看了眼纸条。“茨威格先生还要见你一次。”他说，“是关于……男卫生间的事？”

那天下午，汤米和帕蒂决定不坐校车，还是走路回家。他们手拉着手，帕蒂始终紧紧地跟在汤米身边。当他们走到一个街角等信号灯时，帕蒂把头靠在了汤米身上。

“你今天过得不太开心，是吗？”汤米问。

帕蒂点了点头。

他们又一次沿着水滨街往前走。汤米的目光越过港口另一侧的海岬，望向远方雾气蒙蒙的海平线。海上此时风平浪静，他捡起一块石头，扔向泛着波纹的海面。他能感觉到石头划破空气，“扑通”一声砸入了海水中。他能看到，他真的能看到，石头缓慢地、旋转着沉向越来越暗、越来越冷的海底。他能看到小鱼瞪着亮晶晶的眼睛，注视着石头慢慢下沉。他能看到石头落在沙砾、棕色的淤泥和成片的蚌壳之间，蚌壳锋利的边缘上还缠绕着许多海藻。他能看到石头自此将在潮水的反复推挤与拉扯中，开始漫长的等待。

帕蒂拉紧他的手，他转过头，看到她正小心翼翼地望着他。

“我没事。”他说。

她握住他的两只手。

“放心吧。”他说，“我真的没事。不过，你知道当我们俩都不开心的时候，应该去做什么吗？”

帕蒂笑了。

他们来到街边的咖啡店，汤米点了两杯热巧克力，其中一杯多加了份奶油。他们坐在临窗的桌子前，喝着热巧克力，看着购物的人群从他们面前经过,看着游客们寻找普利茅斯岩的位置,看着工人往墙上贴“普利茅斯金秋节”的宣传海报。帕蒂从柜台拿来一根吸管,放进她的热巧克力里,然后一边看着汤米,一边开始用嘴吹泡泡——大大的巧克力泡泡。汤米大笑起来。

他努力地放声大笑。

因为汤米没法儿让帕蒂知道，在她刚吹出第一个巧克力泡泡时,他就听到了妈妈的声音。她在说:“在外面不能这样,你这个小捣蛋鬼！”他也没法儿告诉帕蒂,他有多么想念妈妈,想念那个星球。

那天下午回到家，汤米和帕蒂看到了一块比之前大很多的新广告牌——“朝圣之路公寓！开盘在即！购房请至兰普金地产经纪公司。”在广告牌的远处,一些挂着明黄色旗子的明黄色旗杆将沙地与海岸分隔开,另一些旗杆沿着矮松一直插到他们家的房子前,将沙丘围成了一个正方形。

“你觉得那些旗子是干什么用的？”汤米说。

帕蒂摇摇头,和汤米一起走上轨枕铺成的台阶。

爸爸不在家。客厅里没有支起的画架。

汤米做了一个蜂蜜花生酱三明治,把它一切两半。帕蒂这时不小心弄洒了牛奶，两个人手忙脚乱地去擦蓝色印花油毡和下面的红色油毡。之后,他们走到屋外,坐在第一节轨枕上,一边等爸爸,一边观赏海浪。

可他们并没看到海浪。他们只能看到那些在风中飘动的黄旗子。

旗子的影子逐渐拉长。当天空变成深黄色时,爸爸回来了。汤米想,如果恒吉斯特还挂在天上,天空一定不会是这个颜色。爸爸带回一只烤鸡和一袋配菜,他匆匆忙忙地走进家门,看都不看那些黄旗子,也没针对它们说些什么,甚至在汤米主动问起的时候,都像完全没听到似的。

他切开那只烤鸡,切得不怎么样。“咱们趁热吃吧,不然就凉了。”他说。

“爸爸。”汤米说。

“等我切完,汤米。”

“那些黄旗子是干什么用的?”

“我就快弄好了。”

他并没有。他把那只鸡切了个乱七八糟。

“爸爸。”

他放下刀,看着汤米和帕蒂,看了好长时间。“你们的妈妈喜欢这个地方。”他终于开口道。

他们等着他继续往下说。

“这里是她最爱的地方。”

他们继续等待着。

“这感觉就像是……我们要再一次失去她了。”

那天晚上，汤米躺在床上，用手指摩挲着那条银绿色的项链。它又在发热了。

他想象着，在那些黄旗子标记出的地方，推土机、自卸卡车和带着超大铲斗的隆隆作响的巨型机器会挖出一个深坑；他想象着，深坑的四周被浇筑成混凝土墙，钢架从中竖起，木瓦屋顶和塑料墙板被依次装好，然后是窗户、花箱、邮箱和垃圾桶；他想象着，人们陆续搬进朝圣之路公寓，而他家的房子看起来就像别人家后院里的工棚，沙丘、海滩、海浪，还有微笑的海平线都会被完全遮挡住，再也看不见了。

汤米握着他的项链，在想象中进入了梦乡。

第二天清晨，他们像往常一样起床、出门，走到沙丘去看日出。

那些黄旗子全都不见了。

5

最先消失的叛徒

很多天过去了，小威格林无望地干坐在地牢中。毕竟，有谁能来解救最后一个忠诚的维洛人呢？爱瑟人有这个胆量吗？

在他的狱友哭泣、咆哮的时候，他只是坐在黑暗中静静地聆听。直到一天早晨——如果那确实是早晨的话——尤里咒骂过蒙杜斯王之后，同他说："除了等死，我们还能做些什么呢？"

小威格林回答："暴政或许可以被推翻。爱瑟人……"

尤里啐了一口。"期盼那些弱者能采取行动，纯属麦格理尔①。"他说。

"这个星球上的力量已经所剩无几，"太格里说，"除了控制欧曼怪的人。"

"如果维洛艺术在我们手上就好了。"尤里低声说，"我们就可以

①虚弱的，无助的，无用的。

推翻如今坐在圣座首位上的暴君。”

“维洛艺术并不是为了这样的目的而生的。”小威格林说。

“但它足以胜任这样的任务。”太格里说，“如果拥有它的人愿意去做的话。”

“如果我们知道它在哪里的话。”尤里说。

无边的黑暗中，地牢重归死寂，小威格林开始思忖起来。他把维洛艺术送出这个星球，到底做得对不对？他本可以持有它，然后利用它的力量去打败蒙杜斯王吗？

爱瑟人的议事厅里，蒙杜斯王坐在圣座首位上，慢慢转动着他的戒指。北部海岸有军队起兵反叛，残酷的赛斐已带领大批人马火速北上镇压。雷塞德城堡中同样弥漫着不安的情绪。据探子通报，贪婪的凯勒一直在向西方投递密函。蒙杜斯王紧紧握住他的哈林剑①，让探子继续密切监视贪婪的凯勒。

小威格林和太格里、尤里在黑暗中睡了好久。他们醒来后，感觉周围的空气越发冰冷潮湿，令人呼吸困难，甚至快要窒息。尤里摔倒在地，双手扼住自己的喉咙，大口大口地喘着粗气。

太格里对小威格林说：“你知道维洛艺术在哪里吗？我们必须离

①一种类似短剑的武器。

开这个地方，不然他就死定了！”

“它不在这个星球上。”小威格林说。

“怎么会不在呢?”太格里一把抓住小威格林的胳膊，“怎么会?”

小威格林跪在尤里身旁，把手垫在他的脑袋下面：“我把它锻造成了一条魔链，送到了远离蒙杜斯王魔掌的地方。”

“我们必须离开这里，不然只有死路一条。”太格里说，“就没有办法再找到它了吗？”

黑暗中，身前的尤里似乎已经奄奄一息了，小威格林的心中充满了悲伤和同情。他说：“欧曼怪能够找到它，然后向这个星球发出信号，这样就能知道它的准确位置了。”

“然后呢？”尤里气喘吁吁地问道。

“然后，”小威格林说，“它的新主人需要心甘情愿地把它交出来，这样它才能被顺利地带回。心甘情愿的交付、一段歌声、一颗强大心脏的跳动，这三者缺一不可。它们能让维洛艺术剧烈颤动，生成巨大的力量，从而让魔链以及戴着魔链的人穿越无数星系，回到这里。”

尤里哈哈大笑起来，他的笑声听起来比地下最深处的黑暗还要邪恶。

“不过，这或许无法实现，因为在爱瑟星球之外根本不存在欧曼怪，”小威格林说，“也不会存在心甘情愿将维洛艺术交出的人。维洛艺术不会再回来了。”

尤里又一次哈哈大笑。

“你看，”太格里说，“哪怕是最遥不可及的希望，也能让生命恢复活力呢。”

可小威格林的心中满是忧虑和不安。他隐隐觉得，有什么事出了差错。

三天后，小威格林听到欧曼怪穿过黑暗的地下通道向他们走来，地牢里回荡着脚踩在石头地面上发出的刺耳的刮擦声，以及创克刀不时拍打在大腿上的砰砰声。随后，黄色的火光映在潮湿的墙壁上，也克拉特被解开，牢门开启，太格里和尤里被带走了。

小威格林以为会再次听到他们绝望的呼喊，却只听见尤里渐渐远去的狂笑声。

太格里和尤里被带到爱瑟人的议事厅，蒙杜斯王问他们是否已经打探到了维洛艺术的下落。他们禀报说，只有欧曼怪能找到维洛艺术锻造出的魔链，它会向这个星球发出信号，然后，这条魔链的新主人需要心甘情愿地将其献出——或者可以骗他献出来。除此之外，还需要一段歌声和一颗强大心脏的跳动。

蒙杜斯王十分满意。太格里和尤里更是得意扬扬，认为他们这次一定能拿到丰厚的奖赏。

坐在圣座首位上的蒙杜斯王向前探了探身子。“还有其他人知道找到维洛艺术的方法吗？”他问。

"只有小威格林知道。"尤里说。

欧曼怪守卫随即抓住太格里和尤里的胳膊。

这一次,他们真的发出了绝望的呼喊。那是雷塞德城堡内从未有过的惨叫声。

就这样,在占据十二圣座席位的那些维洛叛徒当中,太格里和尤里是最先消失的两个人。

6

妈　妈

汤米最后一次见到妈妈的情形是这样的：

她开车送汤米和帕蒂去威廉·布拉福德小学。

她先把车开到幼儿园分部这边，汤米没有下车，看着她把帕蒂送到了幼儿园门口。她拥抱了一下帕蒂，帕蒂朝她挥挥手。她回到车上。"希望你今天过得开心！"妈妈大声说道。

"我会的！"帕蒂高声答应着，然后蹦蹦跳跳地进了幼儿园。

随后，他们开到小学部所在的另一边。汤米下了车。

"别忘了，"妈妈说，"今天有钢琴课，所以坐校车回家吧。"

"今天？"

"对，今天是周二。"

汤米叹了口气："我讨厌、讨厌、讨厌、讨厌钢琴课！"

"每个人小时候都讨厌、讨厌、讨厌、讨厌钢琴课。但是等你长大后，就会感谢我现在逼你去上钢琴课了。"

“不，我不会。”汤米说。

“嘿，汤米，我喜欢听你弹钢琴。”她说，“尤其是弹巴赫的曲子。每当我听你弹巴赫时，都有种想哭的冲动。”

“我也想哭。”汤米说，“但咱俩哭的理由肯定不一样。”

“我想哭是因为你弹得太美了。”

“我想哭是因为你逼我做我这么讨厌的事！”汤米说完，“砰”的一声摔上了车门，向学校走去。他知道妈妈在看着他，可他既没有转身，也没有挥手告别，更没有大声说他这一天会过得开心。就算他听见轮胎与地面发出尖锐刺耳的摩擦声，那表示她和他一样很生气，他也依然没有回头看一眼。

很好。

那是他最后一次见到妈妈。

他从未告诉爸爸，也从未告诉帕蒂，并不是因为路上的冰，她开得那么快全是因为他，他才是妈妈没能及时刹住车的原因。都是因为他，妈妈才会……

他才是罪魁祸首。

都是因为他，妈妈才从家里消失了，每个房间都没有了她的影子；都是因为他，她画的全家福才会被爸爸从客厅的墙上取下来；都是因为他，她为孩子们画的肖像画再也没有出现在家里任何一面墙壁上；都是因为他，爸爸才会收起她所有的衣服、她爱看的书，还有她放在钢琴架上的乐谱。

从那以后，汤米再也没有碰过钢琴。

从那以后，爸爸再也没有画过画。

而帕蒂……

都是因为他。

每次听到轮胎与地面刺耳的摩擦声，他就想冲到马路中间去把车拦下来。

每次听到重重的关车门声，他就会掉眼泪。

每次有人说他的妈妈多么为他感到骄傲，他就知道她再也不能为他骄傲了。

他讨厌、讨厌、讨厌、讨厌约翰·塞巴斯蒂安·巴赫。

他真的讨厌他。

这一天，汤米和帕蒂放学回到家，发现莎琳·兰普金太太开着她那辆黄色马自达轿车来了他们家。她站在客厅里，同她一起来的还有普利茅斯警察局的古德斯警官。兰普金太太是兰普金副州长的妻子，一名房地产开发商，连续八年担任普利茅斯镇妇委会主席，还是镇历史协会的秘书长(很快将升任副主席了)。古德斯警官的脸色有些苍白，而兰普金太太脸上的妆很浓，汤米这辈子从没见过哪个女人化这么浓的妆。她穿着大红色的衣服，长长的指甲上涂了红色信号灯那么红的指甲油，身上还散发着一股化学香精的味道。

她扫了汤米和帕蒂一眼，然后继续看着他们的父亲。她每动一下手指，那指甲就“咔嗒咔嗒”地响。

“这栋房子很碍眼，”兰普金太太说，“三百年来一直让人觉得碍眼。”

“这两个是我的孩子，兰普金太太，汤米和帕……”

“很高兴见到你们。”兰普金太太说，“说吧，是谁帮你们的父亲拔掉那些黄旗子的？或者……是你们俩瞒着他干的？”

“我已经跟你解释过了，兰普金太太。汤米，帕蒂，这位是古德斯警……”

“是的，你是解释过了。”兰普金太太说，“那些旗子自己消失了，就像神奇的魔法。”兰普金太太打了个响指，长长的红指甲发出很大的咔嗒声。“而明天早上……”她又接连打了好几个响指，指甲一通噼啪乱响，“它们又会神奇地插回原地。”她来回扫视着这一家人。“希望这次，它们不会再消失了。”她说。

帕蒂抓住汤米的手，紧紧地握着。

“希望到时候，”爸爸说，“等那些黄色旗子插回来时，不会再插在我家的土地上。兰普金太太，如果你还记得，我家的土地一直延伸到高水位线那里，而且……对不起，请让我说完……我绝对不会卖掉它。”

“我们给的可是公平的市场价格，佩珀先生。兰普金地产经纪公司一贯如此。”

“不,兰普金地产经纪公司给出的价格远远低于市场价,而且,就算你们给的是公平市价,或是公平市价的两倍,甚至三倍,我也一样会拒绝。”

“所以我们在申请实施地役权,让镇政府收回土地,这样一来,镇上居民的住房需求就能得到合理满足了。”

“这样一来,兰普金地产经纪公司就能大赚一笔了。别再说那些冠冕堂皇的大道理了,兰普金太太,我知道你打的是什么主意。告诉你的测量员,不要再把旗子插到我家的土地上!”

爸爸把两只手插进裤子后面的口袋里。汤米很想知道,他这么做是不是为了不让自己一怒之下把兰普金太太掐死。

“很好。”兰普金太太说,“如果你想让你家这栋碍眼的房子再多保留一段时间,随你的便。不过,我们还是会申请实施地役权,朝圣之路公寓很快会在你家和海滩之间建起来的。彼得,你阻止不了的,这是为镇里好。”

“你才不是为镇里好,莎琳,你是为你的公司好。”

“这是一回事。”兰普金太太转身准备离开。

“还有,莎琳,”爸爸叫住她,“你拿走的那幅肖像画,还没有付钱。”

兰普金太太露出一口白牙:“你妻子画得太差了,彼得,我可不会为那样一幅画掏钱。她画得一点儿都不像我。”

爸爸摇了摇头。“不。”他说,“我不这么认为,我觉得她画得逼真极了。其实你想要的并不是一幅真实的肖像画，莎琳，你想要的是一份免费的礼物。”

“彼得，你怎么不明白呢？”兰普金太太再次露出一口白牙，“这也是一回事。”她说完，转身离开了佩珀家，可她身上那股甜腻的化学香精味却留了下来。

帕蒂走过去打开前窗。

古德斯警官摘下警帽，挠着头。“她可真让我头疼。”他说。

“汤米，”爸爸问道，“是你拔走了那些旗子吗？”

“我一面旗子都没动过。”汤米说。

“帕蒂呢？”

她打开第二扇窗，然后冲爸爸摇了摇头。

“也不是我。”古德斯警官说。

爸爸忍不住笑了。“我想这说明还有其他人站在我们这边。”他说，“我真想知道这人是谁。”

“他们真会夺走我们家的地吗？”汤米问。

爸爸走到客厅的另一边，帮帕蒂打开最后一扇窗，眺望着窗外蓝色的大海，眺望着海浪、海鸥，还有远处那像山脉一般绵延不绝的白云。“我觉得我们应该去吃点点心。”他说。

“这主意不错。”古德斯警官说。

第二天一早，测量员们就来到了沙滩上。汤米和帕蒂去坐校车时经过他们身边，尽量不让自己去看那些人。

在校车上，谢丽尔扯着嗓子问汤米："你们到底什么时候才肯搬出那栋破房子呀，汤米？还是说，昨天晚上那房子就塌了？要不我问问你妹妹，可是她不会……"

汤米站起来，朝她伸出一只手。

谢丽尔的脸"唰"地一下子变白了。

在开往威廉·布拉福德小学的路上，她没再说过一句话。

汤米在一年级的走廊门前下车，目送着帕蒂走进去。"希望你今天过得开心！"他朝她的背影喊道。她挥挥手和他告别。他多希望她能大声地回答他"我会的"，他多希望她能……哪怕只有一次，蹦蹦跳跳地走进教室。可她没有。

而且她看上去一点儿都不像今天会过得开心的样子。

汤米绕过大半个学校，来到六年级的走廊门外。他用手摸着领口下的项链。昨晚下雨了，此时的空气很清新，能闻到大海的气息。他想起那一天，海水没过他的鼻子时嘴里充斥的那种咸咸的味道，想起全身都沾满了沙子的感觉和海藻踩在脚下时发出的"咯吱咯吱"的声音，想起那泛着白色泡沫的海浪，咆哮着从高空向他拍下。

他和帕蒂、爸爸，还有妈妈一起坐在一张粗糙得有些扎人的毯子上。

还有妈妈……

"嘿，汤米。"

汤米不再摸那条项链了。他抬起头。

是詹姆斯。他站在六年级的走廊门口，双手抓着他那个汤姆·布雷迪亲笔签名的橄榄球。

“长传！”

詹姆斯投出一个旋转球，尽管力度不太够，但仍然算是个旋转球。

汤米扔下书包，朝着橄榄球飞行的方向跑过去，它正飞过停车场，飞向立在那边的废品回收箱。汤米飞快地跨过人行道，然后蹚过一个又长又深的水坑，刚好赶在那个汤姆·布雷迪亲笔签名的橄榄球落地前将它牢牢抓在了手里。

詹姆斯、趴在六年级教室窗口观战的帕特里克，以及站在帕特里克身后的爱丽丝一起鼓起掌来。这个球接得实在是太漂亮了。

“汤米真是让你太有面子了，詹姆斯！”帕特里克大声喊道。

“开球吧，汤米。”詹姆斯叫道。于是汤米大力将球踢出，球落地后在詹姆斯面前弹了起来，詹姆斯一把将球抓住，然后朝前跑去，那架势就好比在他前方的并不是停车场，而是福克斯伯勒球场的球门区——说不定他自己就是这么以为的。

汤米又一次从那个又长又深的水坑中间蹚过，反正球鞋已经湿了，再湿一次也无所谓。可詹姆斯突然掉转了方向，汤米不得不再一次蹚过那个讨厌的水坑。当詹姆斯跑到停车场的尽头时，他举起那个汤姆·布雷迪亲笔签名的橄榄球，就像是捧着一个刚刚颁发给他的奖杯。“触地得分！”他喊道，“比赛的最后一刻触地得分！詹姆斯靠一个假动作晃过汤米，他赢得了比赛！球迷们都为之疯狂了！”

汤米走过去拿起书包。“相当疯狂。”他说。

这时，楼里响起了上课铃声。

“马马虎虎吧。”詹姆斯说着，开始往回走。

但在经过那个又长又深的水坑时，他停下了脚步。

“喂。”他叫道。

汤米转过身。

“看。”詹姆斯说。

汤米走回去，低头看着那个又长又深的水坑。

平静的水面上，有一幅画面在微微地闪着光。那是一片沙滩，汤米能看到炙热的阳光把一切都晒得发烫。沙滩上支着各种颜色的遮阳伞，人们躺在收音机和野餐篮子旁边睡觉。一个女人在往腿上涂防晒油，两个男孩在追逐海浪，而刚刚从海里跑上来的——汤米凑近了些看——是一个很像他自己的男孩，身上穿着一件印着王牌机器人图案的连身泳衣，手里拿着同样印着王牌机器人图案的铲子和小桶。汤米立刻下意识地去寻找那把熟悉的条纹遮阳伞。它果然在那儿，歪歪斜斜地插在沙地上，伞下是帕蒂、爸爸和……

“真是见鬼了。”詹姆斯说，“水里面有颜色在动。”

汤米弯下腰，靠得更近了些。

妈妈？

是妈妈！她看着他朝她跑过来，手上拎着的小桶里装满了海水和海星。她站起来。他记得这一幕，她要走到他身边去看海星。

他记得这一幕！

妈妈从遮阳伞的阴影下走了出来。

这时，西南线的校车拐过学校的转角处，驶进了停车场，因为要迟到了，所以车速比平常快很多。

詹姆斯看了一眼校车。“喂，汤米。”他叫道。

校车司机按了下喇叭。

“汤米。”詹姆斯又叫了一声。

校车司机继续按喇叭。先是两下，然后又按了一下。

詹姆斯一把抓住汤米的胳膊。

“等一下。”汤米说。妈妈就快要走到他身边了。

校车喇叭又响了。

汤米蹲了下去。

他没听到校车引擎的抖动声、尖锐的刹车声、轮胎在沥青路面上的摩擦声。他没听到爱丽丝、帕特里克，甚至还有巴勒斯先生从六年级教室窗口发出的呼喊声。他也没注意到那个汤姆·布雷迪亲笔签名的橄榄球从詹姆斯手里掉到了地上。

他只感觉到詹姆斯猛地把他拽离了水坑边。

校车几乎是擦着汤米的屁股开过去的，碾过水坑时把里面的水溅得到处都是。车的右前轮轧扁了詹姆斯那个汤姆·布雷迪亲笔签名的橄榄球，然后左后轮又轧了一次，橄榄球上的所有接缝处几乎都裂开了。

汤米回头去看，水坑消失了。

“你疯了吗？”詹姆斯大声喊道，“你想被车轧死吗？”

水坑里的画面也消失了。

“你没看见车开过来吗？”詹姆斯吼道。

一切都消失了。

詹姆斯弯下腰，捡起橄榄球的“残骸”，而汤米一言不发地径直走进了六年级走廊的大门。他把外套挂进储物柜，拿出课本，走进巴勒斯先生的教室。大家都转过头看着他。

他坐到自己的座位上。

“汤米？”爱丽丝叫道，“天哪，吓死我了！汤米？”

他把脸埋进手掌，闭上了眼睛。

他甚至没去注意詹姆斯是不是也进了教室。

在像今天这样的日子里，你会非常非常希望老师能放一部很长的电影，什么电影都行，只要能占用掉一个上午外加大半个下午的时间就行。

可在这样的日子里，巴勒斯先生却想研究古老的印欧语系文化，因为它几乎是所有现代语言的起源，因为它“令人兴奋到超乎你的想象”。

“Polis这个词，”他说，“在古印欧语中的意思是‘城市’。你们知道这个词是怎么演变成现代语言的吗？”

没有人回答。

汤米盯着白板上方那几张芬威球场的海报。

“有没有人去过印第安纳州，开车经过这个州的首府，印第安纳——”他把最后一个字拉得很长。

还是没有人回答。

汤米盯着窗户之间的墙上挂着的泰德·威廉斯、托尼·康利亚罗和卡尔顿·菲斯克[①]的画像。

“印第安纳波利斯？有没有人坐飞机去过圣保罗旁边的这座城市——明尼阿波利斯？”

汤米盯着巴勒斯先生桌上的玻璃盒子里的那颗棒球，上面有卡尔·雅泽姆斯基[②]的签名。

“汤米，超人住在什么地方？”

汤米转过头来。

“超人住在什么地方？”巴勒斯先生又问了一遍。

“北极(North Pole)。不过北极的Pole和Polis不是一个词。”

---

①三人都曾是美国职业棒球队——波士顿红袜队的明星球员。

②也曾是波士顿红袜队的明星球员。

“没错，不是。”巴勒斯先生说。

“那 Pole 这个词是从 Polis 演变来的吗？”詹姆斯问。

“不是。起码我觉得不是。”巴勒斯先生说。

“那您干吗要问超人住在哪儿呢？爱丽丝问。

“他住在大大的城市（Metropolis）。”巴勒斯先生说。

“我还以为他住在南极呢。”帕特里克说。

“不是。”巴勒斯先生说。

“他不是住在氪星吗？”杰瑞米说。

巴勒斯先生用手捋了捋头发。

汤米敢打赌，巴勒斯先生一定在后悔，为什么不干脆放部长电影算了。

在今天这样的日子里，学生餐厅供应的是金枪鱼，搭配着白奶酪和两根嫩芦笋，还有干硬得就像是在古印欧时期的某个遥远城邦里烘焙出来的布朗尼蛋糕。

在今天这样的日子里，从普利茅斯港口飘来的低矮的云笼罩在学校上空，雾气越来越重，然后就开始下起瓢泼大雨。所以午饭后的大课间，大家都待在教室里看书，只有詹姆斯独自站在窗边，望着窗外的雨，手里还拿着他那个汤姆·布雷迪亲笔签名的橄榄球的“残骸”。

在今天这样的日子里，楼太太在她的音乐欣赏课上弹了一首巴赫的曲子，就是汤米原来常常练习的那首。楼太太弹得比他好多了，可他还是觉得无法忍受。当楼太太问他为什么用手捂住耳朵时，他回答说他头疼。他总不能告诉她是因为这音乐太卢卡了吧。楼太太问汤米要不要去趟医务室，他拒绝了。她又问是不是应该送他去见一下茨威格先生，他也拒绝了。于是她让汤米立刻把手从耳朵上拿下来，他照办了。

今天绝对是卢卡的一天。

汤米在一年级走廊门口接到了帕蒂，他一眼就看出来，今天对她来说也是卢卡的一天。她的书包拖在身后，头发乱蓬蓬地挡在脸前。看到他时，她甚至都没有露出笑容。

“我明白。”他说着捏了捏她的手。

她也轻轻地捏了捏他的手。

“你想坐校车回家，还是先去海滩走走？”

她抬头看着他。

“那就先去海滩走走吧。”他说。

他又捏了一下。

于是他们再一次沿着水滨街而行，经过普利茅斯岩的凉亭，来到港口的沙滩上。雨已经停了，不时有凉爽的风从海面上吹来，吹起帕蒂的头发，有时风大得她不得不闭上眼睛。可汤米却几乎感觉不到风。他低头看着沙滩，那幅画面好像又浮现在了眼前：阳光、条纹遮阳伞、王牌机器人图案的小桶和铲子，爸爸、帕蒂，就在那里，都在那里。妈妈站了起来。阳光很温暖。一切都是那么宜尔丽尔。

帕蒂拉住他的胳膊。

“帕蒂，”他说，“你还记不记得我们最后一次……”

她的眼里立刻噙满了泪水。是的，立刻。

他真是个傻瓜，大傻瓜！汤米握住妹妹的手，他们一起手脚并用地爬上了石头砌成的海堤。他们一直向前爬，低矮的海浪拍打着岩石，发出轻柔的“唰唰”声。在海堤尽头，他们跳过海鸥丢在那里的蛤蜊壳，然后跳回到海滩上。汤米站在那儿没有动，而帕蒂在海水边弯下腰，捡拾白色的石头，然后丢掉一些，然后再捡起一些，还不时挑出一两颗放进口袋里，准备带回家。

汤米把书包从肩膀上拿下来，然后坐在了沙滩上。他隔着上衣摸了摸项链。项链开始发热了。

水坑里的景象是那么明亮，那么阳光灿烂。他能看到自己穿着那件丑丑的王牌机器人泳衣从海里跑出来，然后一屁股坐在条纹遮阳伞旁滚烫的沙子上，开始堆沙雕，可能是一只章鱼、一只龙虾，又或者……

汤米把手伸向潮湿的沙子。

他开始勾勒龙虾的轮廓。

只不过那并不是龙虾。

更像是乌贼。

但也不是乌贼。

他跪在沙地上，想要把这个东西画正确。

这个不知道是什么的东西有着很长的腿，膝关节很靠下，脚很大，而且……还有蹼。汤米身子往后仰，端详着他画的这个东西：没错，它长着脚蹼，胸部又瘦又长，但胳膊却很粗壮，两只手一直垂到低矮的膝盖，所以战斗时能够猛烈地挥动。汤米可以想象出那双手臂挥舞着棍棒，或者刀剑，或者其他更可怕的武器时的样子。

这东西的头又大又圆——不对！汤米抹掉一些沙子，不是圆的，更像是锯齿状的，没有什么规则，和它那长长的嘴一样随意。而除了那张嘴——汤米非常确定——这东西没有别的五官。

他画完了这个不知道是什么的东西的轮廓，开始往轮廓里面堆积潮湿的沙子来塑它的身体。他塑出长长的腿、瘦削的上身、粗壮的胳膊，然后给这东西手里加上了一件带钩子的武器——一把创克刀。当然是创克刀。接着，他塑出锯齿状的头，除了一张可怕的、长长的嘴，脸上什么都没有。

他后退了几步，四下张望后找到一块小木片。他用小木片画出扇贝形的盔甲，覆盖住那个东西的身体。然后，他在它肩膀以上的位置又添上一些沙子，给它戴上又高又尖的头盔。

接着，汤米跪下来，在它绑腰带的地方加上了一把哈林剑。他把剑柄塑成骨头的形状，剑刃的顶端有和创克刀一样的钩子。

汤米又往后退了几步，观察整体效果。它看起来很像……

欧曼怪！它是个欧曼怪！一开始他怎么就没意识到呢？是欧曼怪！

海面上起风了，海浪狂暴地卷向岸边，比这一天里的任何时候都要狂暴。灰色的乌云在低空疾速掠过。沙子拍打着他的脸。

是欧曼怪。

汤米注视着它，没法儿让自己的视线从它身上移开。

是欧曼怪。

他必须毁掉它。他必须在海水漫过来之前毁掉它。

他看向帕蒂。她的外套口袋此时已鼓鼓囊囊的，两只手里还各掂着一块很大的白色石头，很可能是在琢磨要把哪块放进口袋里。

汤米又低头去看那个欧曼怪。

他的手指摩挲着项链。

有什么地方不对劲。他还得做点什么。

涨潮了。一个浪头打来，差一点儿就没过了欧曼怪。

汤米跪在欧曼怪的头旁边。他抹去沙子做的头盔，飞快地将脸部重塑了一遍。随后，他摘下温热的项链，一把摁在了欧曼怪的前额上。他摁得很深，等他抽回手后，能看到那里留下了非常清晰的链痕。

他低头看着自己刚刚完成的作品。

又一个浪头打来。这一次，海水漫过了欧曼怪，却并没有将它冲毁。

汤米把项链戴回脖子上。它热热的，贴着他的皮肤。

突然之间，海滩上变得异常安静。水滨街上的车流声消失了，海鸥停止了鸣叫，翻滚着的海浪也像是被按下了静音键。

这时，汤米听到了一声呻吟。

低低的、轻轻的。他不确定自己是不是真的听到了。

又是一声呻吟。

这一次他确定自己听到了。

他听到了欧曼怪的呻吟声。

汤米站了起来。

一阵狂风骤然刮过。汤米觉得自己被吹得有些站不稳了。

他打了个趔趄，一脚踢在了欧曼怪的右手上，把那部分踢毁了。

一瞬间，所有声音都回来了：车流声、海鸥的叫声、潮水声。他凝神静听，却再也听不到呻吟声了。

他后退了几步，过了一会儿，他大声喊帕蒂。她朝他跑过来——勉强算是跑吧。她的外套口袋里装满了白色石头，包括那两块很大的石头。她一时间无法取舍，所以干脆都塞进了口袋，沉甸甸的，坠得她走起路来有一些踉跄。他们走回沙滩的最高处，汤米帮帕蒂在那些石头中选出要带回家的——“这一次只能带三块。”然后，他们顺着通向水滨街的台阶走上去，汤米一直在催帕蒂走快些。走到最高处时，汤米又回头看了一眼用沙子堆出的欧曼怪。海浪没过了它长长的腿，可是当潮水退去后，却没有一粒沙子被冲走。

他们匆匆忙忙地穿过街道，往家的方向走去。等他们走到家门口，发现那里又插满了新的黄旗子，这次还圈出了地基、道路和停车场所在的位置。汤米觉得肯定有几百面旗子，甚至上千面。

“你先进去吧，帕蒂。”汤米说。

她安静地看着他。

“没事的。爸爸肯定想看看你的新石头。我马上就回来。”

她掏出口袋里的石头，很慢很慢地走上轨枕台阶。

汤米往海边走去，一路绕过那些黄旗子，如同它们是竖着脑袋、嗞嗞吐芯的毒蛇一般。他费了好久的工夫才绕开它们，因为实在是太多了。

他望向远处雾蒙蒙的海平线。

阳光、条纹遮阳伞、铲子、小桶，爸爸，还有妈妈。帕蒂在唱歌——他都忘了她唱歌时是什么样了！帕蒂唱着她熟悉的歌曲，唱啊，唱啊，歌声一直回荡在沙滩上。只要能再次听到她的歌声，他愿意用任何东西去交换。

用什么交换都行。

于是，他开始唱起悲伤的《吉赛儿[1]之歌》。他痛苦地唱着，那痛是如此强烈，甚至哽住了他的喉咙。在这灰蒙蒙的天空下，面对着

①爱瑟星球上的一位歌唱艺术家。

同样灰蒙蒙的海水，他唱啊，唱啊，可奇怪的是，歌曲的旋律变了，变成了汤米讨厌的那首巴赫的曲子。怎么会这样呢？吉赛儿的悲伤融进了新的旋律中。

在陆地和大海相接的地方，承载着吉赛儿的悲伤，汤米唱啊，唱啊，一直唱到歌曲的结尾：吉赛儿登上他的拉乌[①]，驶离陆地，在那个星球上无人再见过他的踪迹。

汤米陷入了沉默。

今天，妈妈差一点儿，就差一点点，就走到他身边了。

爸爸从家里走了出来，和他一起站在海边。他们聆听着潮水的声音。海浪在自寻烦恼。

“我很想她。”汤米说。

爸爸搂住他的肩膀。

“我觉得，恐怕吉赛儿自己都不知道，如此想念一个人是什么感觉。”

爸爸看着他。“可能是吧。”他一边说一边把他搂得更紧了些。

过了一会儿，爸爸说道：“我们最好现在就回家去，马上就要下雨了，潮水也涨得很快。”他看了一眼手表：“明明还没到涨潮的时候呀。”

回家是个正确的选择。他们刚一进门，狂风就裹挟着暴雨呼啸

---

①一种船。

而来，雨水瓢泼似的砸在房顶上，发出巨大的声响。初秋本不该有这么猛烈的东北风。这也太不寻常了。狂风在海里掀起灰白色的巨浪，一波又一波地向岸边奔涌，狠狠地拍打着海滩，将泛着泡沫的海水飞溅到佩珀家的房子上。

汤米和帕蒂透过前窗向外望去。他们几乎从未见过海浪能冲到岸上这么远的地方。他们能感觉到整栋房子都在随着海水的咆哮而震颤着。汤米觉得，此时，那个水滨街海滩上的欧曼怪应该已经被海浪卷走了。

他希望海浪能把那些黄旗子也一起卷走。

7
爱瑟人的灾难

哈诺拉号在大厅中吹响后没多久，贪婪的凯勒就从雷塞德城堡的城墙上摔下去了，而那些发现他尸体的人都发誓说，他的双手是被捆绑着的。

那天第二次日落的时候，贝林和刀疤贝拉林也从雷塞德城堡中消失了，有人说他们是奉蒙杜斯王的命令离开的，有人说是破坏者沃尔派他们向北方进发了，而更多的人私语，贝林和刀疤贝拉林是逃往他们西部的老家了。

不管其因何在，反正他们既没有到北方，也没有去西部。

蒙杜斯王下令为贪婪的凯勒、贝林和刀疤贝拉林挂起乌度欧旗①，向三位死去的议员致哀。太格里和尤里死的时候也曾挂过这种旗帜。现在，十二圣座上就只剩下七个人了。

①一种黑色旗帜。

城里的每个爱瑟人都能看到在风中飘扬的黑色乌度欧旗。蒙杜斯王听到了他们的种种怨言，决定要惩戒他们一番，好让他们明白：今非昔比，不会再有维洛人来保护他们，也不会再有欧曼怪来为他们效劳了。

蒙杜斯王一声令下，欧曼怪抽出创克刀，开始在爱瑟城中四处扫荡，活像一只只发疯的威特瑞龙。双日的光芒不再耀眼，变得更加暗淡。欧曼怪砸碎了城中房屋的葛莱特①，将爱瑟人从他们的家中赶走，只剩下无助的泪水和无望的愤怒。它们推倒了维洛大厅里精美的立柱，损毁了里面的比劳爱特，但凡被它们发现的维洛英雄雕像，都无一幸免。老威格林的那些塑像就此消失，仿佛他从未如钢铁般挺立在索尔格荒原的布劳谷姆墙之下，对抗那些叛变的维洛人和数不胜数的欧曼怪。

爱瑟人布鲁利斯曾和老威格林一起并肩作战过。面对此情此景，他打算带着女儿海丽思和儿子伊尔嘉一起离开这座城市。他无法靠自己一个人的力量对抗蒙杜斯王，也担心欧曼怪会伤害他的一双儿女。

一连数日，他们目睹欧曼怪在城中肆意作恶。这天晚上，离海纳芙升起还有一段时间，他们三人披上斗篷，收拾好对他们来说最为珍贵也最易携带的东西，然后站在门后等待着。欧曼怪拖着沉重的

①玻璃或窗户。

脚步，到处搜寻还有什么东西能被毁掉。在黑夜里，打破葛莱特的声音清晰可闻，欧曼怪身上散发的恶臭久久地弥漫在空气中。布鲁利斯、海丽思和伊尔嘉就这样一直屏气凝神地听着欧曼怪的动静，直到第一次日出。

但是，随着海纳芙的升起，欧曼怪发现了他们的藏身之处。

布鲁利斯并未听到它们走近的声音。没人知道欧曼怪还能悄无声息地移动。

欧曼怪猛地撞开了门。布鲁利斯抽出奥鲁剑，砍倒了第一个冲进来的欧曼怪。可与此同时，几把创克刀也抵住了伊尔嘉和海丽思的咽喉处。布鲁利斯只得把奥鲁剑丢到地上。欧曼怪伸出长长的手臂，将他绑起来带走了。

在空荡荡的房子里，伊尔嘉拾起父亲的奥鲁剑，和海丽思一起把那个倒在地上的欧曼怪抬出去扔到了街上。然后，伊尔嘉转过身，朝着雷塞德城堡的方向，将沾有欧曼怪鲜血的奥鲁剑高高举起。此时，他意识到他之前的梦境都是真实的。

欧曼怪押着布鲁利斯穿过爱瑟城，登上台阶，走进雷塞德城堡，再一路押着他穿过外庭，进入大厅，将其丢在破坏者沃尔的脚下。

“布鲁利斯，爱瑟人的英雄。”破坏者沃尔说，“听说你曾和维洛人一起并肩战斗，对抗欧曼怪大军。”

布鲁利斯一言不发。

“如果抛开敌我身份，蒙杜斯王还是很钦佩你立下的功绩的。现在，他只希望能和爱瑟人和平相处。如果你能说服其他爱瑟人，让他们甘心臣服，他可以撤回那些欧曼怪。这完全取决于你。”

听完破坏者沃尔的这番话，久经沙场的布鲁利斯立刻明白，这不过是些冠冕堂皇的谎言。

“尽快把爱瑟人归顺的证据交给我。记住，蒙杜斯王的忍耐可是有限度的。”破坏者沃尔说。他话音刚落，欧曼怪便围上来，抓住布鲁利斯的胳膊，将他带离了大厅。

蒙杜斯王站在雷塞德城堡塔楼最高处的房间里，小威格林就是在这里将维洛艺术送出了这个星球。蒙杜斯王唱起一首阴郁的歌，森然而空洞的歌声飞出窗外，在塔楼上空盘旋了一阵，然后如一缕快速消散的青烟，离开了这个星球。蒙杜斯王并不觉得他的歌声会得到回应，因为能回应他的人应该并不存在。

但他还是唱了，怀着邪恶的欲望。

在第二个太阳落山后，突然，蒙杜斯王在寒风中仰起头。他听到了来自另外一个星球的欧曼怪的呼喊声，那是一个不可能有欧曼怪存在的星球。

除非，那个星球上有维洛艺术孕育了它。

8

暴风雨

暴雨一直在下，吃晚饭的时候在下，吃完饭洗碗的时候在下，做巴勒斯先生布置的循环系统作业时，雨依然下个不停。风雨声太大了，大到汤米几乎无法思考耳廓和心室之间有什么不同，想不明白输送氧气的到底是白细胞还是红细胞，更不知道每个人皮肤下面到底有几英里长的毛细血管。

准备明天午餐吃的鸡蛋沙拉的时候，雨还在下；读《罗宾汉奇遇记》的时候，雨还在下。爸爸差不多得扯着嗓子喊，他们才能听见他在说什么。这样一来，罗宾汉的快乐冒险听起来也没那么快乐了。

屋外，狂风卷起沙砾，拍打着佩珀家的房子，撕扯着护墙板的边角，似乎要扯开板子钻进屋里来。房子的顶梁嘎吱作响，玻璃在窗框里“哐啷哐啷”地晃动，像是马上就要碎掉一样。水流像瀑布一样倾泻而下，汤米分不清那到底是雨，还是海浪。他用手指摸了摸项链。

家里的灯闪了几下后，全都熄灭了。

“还好我们在壁炉里生了火。”爸爸说着，起身去厨房找蜡烛和手电筒。

汤米和帕蒂离开沙发，肩并肩地坐到离炉火更近一些的地方。汤米感觉项链变热了，他往壁炉里面看去，看到了他曾在这个壁炉中燃起的一百团火焰：初雪时的炉火，圣诞节前夜的炉火，烤棉花糖的炉火，妈妈卖出肖像画时的炉火，爸爸的画作得到参展机会时的炉火，帕蒂出生那天的炉火……这些场景他本来都不太记得了，可现在却历历在目，清晰如昨。

还有那个可怕夜晚的炉火，他们三个坐在一起，沉默无言。那天晚上也下着雨，冰冷的雨，不过不像今天下得这么大。

爸爸拿着蜡烛回来，把它们点亮后摆在房间四周。然后，他用手电筒照着《罗宾汉奇遇记》，继续读了起来，一直读到小约翰把罗宾汉从木桩上打落进水里那一段。最后，快乐的罗宾汉不得不蹚着水到岸边，脚边到处是游来游去的小鱼。

暴风雨还在继续，爸爸让他俩今晚在楼下睡。帕蒂缩成一团躺在沙发的一头儿，汤米则伸展开胳膊腿儿，躺在沙发的另一头儿。爸爸从前厅的储物箱里拿出两条毛毯，把它们抱在胸前焐了一会儿后，盖在汤米和帕蒂身上，然后，吹熄了蜡烛。

汤米盯着壁炉里的火苗，不一会儿就睡着了。

夜里，他每次醒来的时候，都能看到爸爸在照看着壁炉，好让房间里一直都保持温暖。爸爸还会时不时地回头，凝望着盖着毛毯的兄妹俩。

黎明终于到来，黄旗子又都消失不见了，沙滩上一片狼藉。高高卷起的海浪将沙子拖出去很远，留下了破碎的贝壳、断了腿的螃蟹、缠成一团的绳子、旧的捕鱼器具的碎片，还有一层已经开始腐烂的深绿色的海藻。红色的防飓风围栏已经被掀翻到了一边，一排老松树七扭八歪地挤压在一起，半埋在深色的沙地里。

汤米和帕蒂坐上校车。一路上，他们看到普利茅斯海岸沿线的所有地方都受到了这场暴风雨的摧残。很多松树被连根拔起，倒在路边。海滩上出现了一些新的小水湾。沙丘有的被夷平，有的直接被移到了海滩公路的对面。海岸边的那些房子应该伤到了地基，门廊摇摇晃晃地挂在台阶上。有些路段上满是从海滩上吹来的沙子，校车不得不从上面开过去的时候，他们能感觉到车身在剧烈地抖动。

看着窗外灾难般的景象，就连谢丽尔都一直没吭声。

不过汤米还是忍不住往后看，以防谢丽尔随时过来挑衅。所以，他没注意到第一辆警车。

但他注意到了第二辆。警车鸣着警笛、闪着红白色的警灯从校车旁边驶过。

然后是第三辆、第四辆。当第五辆和第六辆警车接连从校车旁呼啸而过时,大家都挤到了车窗边向外张望。

“好像出什么事了。”格伦先生说。

大家在威廉·布拉福德小学下了车，穿过遍地黄沙的停车场。校舍的部分屋顶被刮到了教师专用停车位上，一年级的走廊门从合页上脱落了下来,楼里吹进来很多沙子。

六年级的走廊门索性彻底不见了。

汤米走了进去,看到茨威格先生正在走廊上巡查,神色相当严肃——比平时的严肃还要严肃很多倍。汤米贴着走廊的另一侧走,一直走到他的储物柜前,詹姆斯和帕特里克正站在那儿等他。

“校长这是怎么了？”他说。

“老天！”詹姆斯说,“你没看见学校的房顶都被吹到停车场上去了吗？你觉得他看起来应该什么样？”

帕特里克往前凑了凑,说:“而且,昨天晚上下暴雨的时候,他家进小偷儿了。”

“你怎么知道的？”

“大家都知道了。他什么动静都没听见,因为他在楼上睡觉。不管是谁干的吧,反正把他家里弄得一团糟,到处都是腐烂的海藻。就是那股味儿把他给熏醒的。”

詹姆斯把他那个没有汤姆·布雷迪签名的新橄榄球紧紧抱在怀里。

“别担心，詹姆斯。”帕特里克说，“没人偷你的橄榄球。”

“你说得对。没人会偷。”他把橄榄球夹回胳膊底下。

他们走进教室，看到巴勒斯先生同样绷着一张脸，面色苍白，嘴唇紧紧地抿在一起。当爱丽丝问他是不是可以开始做今天的应用题时，他让爱丽丝先等一等。

爱丽丝只好先看向窗外。

巴勒斯先生在讲桌上摊开几张纸，打开一个抽屉，随即又关上。他走到白板前，拿起马克笔，接着又放下。最后，他回到讲桌前。

“对不起，爱丽丝。”他说，“同学们，对不起。”

班里一下子就安静了下来。

“我的脑子很乱，影响到你们实在是不应该……一方面是暴风雨给学校造成了很大损失，另一方面……好吧，尽管这应该保密，不过估计你们所有人都已经知道了。没错，茨威格先生家昨晚被人闯入了，整个一楼被破坏得不成样子。抽屉都被拉开了，壁橱里的东西被扔得到处都是，就连冰箱都被掏空了，厨房里一片狼藉，没有一个盘子是完好无损的。书柜里的书被丢了一地，而且因为前窗玻璃被砸碎，所有书都被雨淋湿了，上面还挂满了海藻。而最奇怪的是，好像并没有什么东西被真的偷走了，感觉就像是一帮破坏分子在狂风骤雨声的掩护下恶意地发泄。”

“巴勒斯先生，”帕特里克说，“是只有校长家被破坏了吗？”

“当然不是了，白痴！”詹姆斯说，“那些人闯进了普利茅斯的每一栋房子。你难道没闻见你家厨房里的海藻味儿吗？”

汤米看到帕特里克回头瞟了一眼他装手风琴的盒子。汤米想，帕特里克应该不会让他的琴再离开自己的视线了。

巴勒斯先生摇了摇头。（换作平时，如果詹姆斯在课堂上说了“白痴”这个词，巴勒斯先生可不会只是摇摇头那么简单，他会好好教训詹姆斯一番。）“茨威格先生家并不是唯一一家，海岸边至少有六栋房子遭遇了同样的破坏。所有的东西都被打开、损毁了，到处都是那种气味难闻的海藻。但也可能是暴风雨造成的。”

汤米胸前的项链开始发热了。

“和暴风雨没关系。”汤米说。

巴勒斯先生看着他。

“汤米，”巴勒斯先生说，“昨天晚上你家有没有事？”

“没有。”他说。

他们不知道那是欧曼怪散发出的法赫气味吗？汤米感到很纳闷儿。他们不知道吗？

“好了，不说这个了。”巴勒斯先生说，“咱们开始上课吧。先来点振奋人心的东西。”

“您该不会是……”爱丽丝说。

没等她把话说完，巴勒斯先生就开口了：“帕特里克，去拿你的手风琴。”

帕特里克飞奔到教室后面拿手风琴。大家都唉声叹气起来。

“来首让人想用脚指头打拍子的。”巴勒斯先生说，

“来首让人想挥动双手的。”詹姆斯说。

于是帕特里克开始弹奏起来。大家看似还在唉声叹气，但其实能听到他的琴声他们都还挺开心的。

放学后，帕蒂想坐校车回家，但汤米还是想去趟港口。他们停在了水滨街，没有到下面的沙滩上去。汤米远远地看了一眼，确认他堆的那个欧曼怪已经不见了。

他胸前的项链是凉的。

“帕蒂，”他说，“除非有我跟着，否则一定不要独自到海边去，知道吗？”

她看着他。

“你的白色石头已经够多了。”

他们往家走去。一路上，汤米都在望着大海。

他不知道会不会有什么东西也在那里回望着他。

那个周末以及之后的好些天里，大家都很愿意听到帕特里克用手风琴弹奏欢快的乐曲，因为一到晚上，每一天的晚上，可怕的狂风都会从海上吹来，席卷普利茅斯。风声很大，大到盖过了其他一切声音，所以人们听不到有人破门而入，听不到壁橱和储藏室被掏空，也听不到房间被散发着恶臭的腐烂海藻搞得一团糟。一开

始，是离海岸最近的房子遭受袭击，于是警方每晚都派出七辆巡逻车四处巡逻；后来，是离海边较远一些的房子被毁，古德斯警官的脸色日渐憔悴，警方又从桑威奇调来两名警官协助他们巡逻；再后来，有天晚上，那些破坏分子竟然闯进了镇上的五月花协会和朝圣堂博物馆，位于这两个地方之间的书店、古董店和纪念品商店无一幸免。在狂风的呼啸声中，没人听见一点儿动静。

现在，每天早上，普利茅斯人都会凑到电视机前，好知道又有哪些地方惨遭“毒手”。

古德斯警官看上去像是一直没睡过觉。布鲁斯特也派来两名警官协助巡逻。

到处人心惶惶。

狂风仍旧在每个晚上造访。第二天清晨，整个普利茅斯都弥漫着那股臭海藻味儿。

不应该是这样的。

这本应是汤米记忆中最美的秋天，妈妈喜欢的那种秋天。清晨，凉风习习，炉火还不够暖，汤米和帕蒂需要披着羊毛毯御寒。到了黄昏，明亮的太阳变成深黄色，给所有平放着的东西投下长长的阴影。在倾斜的日光下，海滩被镀上了一层古铜色。

还有那些树叶。

往年的这个时候，汤米和帕蒂本应坐在餐桌旁，摊开全新的剪贴簿，把《新英格兰树木与灌木野外考察指南》摆在手边。妈妈会轻柔地捧起那些色彩明艳、形状各异的叶子——红色的枫树叶、黄色的黄樟树叶、猩红色的橡树叶。帕蒂会剪掉信封的边角，用来固定装进剪贴簿里的叶子——斑驳的梧桐树叶、红白相间的松针、金黄色的桦树叶。他们会小心再小心地翻页，以免弄皱那些还未完全干燥的叶子——铁锈红色的山毛榉树叶、棕色的白蜡树叶、像少女脸庞般绯红的苹果树叶。妈妈会一直微笑地看着他们。

本应是这样的秋天。

非常适合举办普利茅斯金秋节。

但如今的普利茅斯，几乎没人再去想这些。

他们时刻都在担忧那呼啸的狂风，还有随狂风而来的一切。

一周以后，汤米的爸爸租来一台电锯，把倒伏的松树都锯成一截儿一截儿的。到了周六早晨，他们在沙滩上烧掉了那些汁液丰沛的树枝。在树枝逐渐化为灰烬的时候，兰普金太太的测量员们来了，他们又开始插黄旗子。兰普金太太也开着她那辆黄色马自达亲自过来监督。她根本没看佩珀家的房子，从头到尾都没看一眼。如果她看了，或许就能发现汤米和帕蒂正透过前窗往外瞧。

周日下午，佩珀一家用耙子从房子下面耙出那些腐烂的海藻和破碎的贝壳，然后把它们都埋在了沙子下面。他们重新竖起红色的防飓风围栏，有的部分损坏得太严重了，已经无法再修复，就堆到松树枝的灰烬上一起烧掉。

周一,巴勒斯先生努力假装普利茅斯一切如常,这对他来说还算容易,毕竟他住在大桥对面的桑威奇东部。可是对汤米和其他人来说,要想这样安慰自己就难多了,尤其当他们知道,在周日晚上,第一公理教堂的塔尖顶部竟然断裂开来,教会的门被撞开,里面的每一张靠背长椅上都挂满了海藻。

在普利茅斯,每个人都在竖着耳朵听风声。

甚至在白天的威廉·布拉福德小学里,大家也都在竖着耳朵听风声。

“今天,我们开始学习‘太阳系’这一章。”巴勒斯先生宣布,“有谁能依次说出八大行星?”

詹姆斯举起手:“您觉得那些被破门而入的房子和暴风雨之间有什么必然联系吗?”

“我非常确定警方正在调查这件事,詹姆斯同学,我们就不要替他们操心了。有人能说出八大行星吗?”

爱丽丝举起手:“那些违法闯入事件肯定和暴风雨有关,因为它们是同一天开始的。那些人就是要利用暴风雨来掩盖他们破门而入的声音。”

“精神集中!”巴勒斯先生说,“有谁能说出一个巨行星吗?”

“可是他们怎么能确保每晚都会有暴风雨呢?”詹姆斯问。

“说出一个内行星也行。”巴勒斯先生说。

“海藻又是怎么回事?”杰瑞米问。

“随便哪个行星！”巴勒斯先生说。

帕特里克把他的手风琴往身边拉了拉。“谁也别想动它一下。”他说。

“我们现在所在的这个行星叫什么？”巴勒斯先生问。

“或许我们真的可以用一架手风琴当诱饵。”詹姆斯说。

巴勒斯先生一屁股坐在了椅子上。

那天晚上，又下暴雨了。狂风呼啸，海浪高高卷起。海岸南边又有三栋房子遭到袭击。

接着，周二，一栋房子在光天化日之下被袭——当时并没有下暴雨。

周三下午，又有四家被袭——全天一滴雨都没下。

街上又多了三辆巡逻车。这一次是从布鲁克莱恩调来的。

整个普利茅斯陷入了极大的恐慌。

尽管没有任何公告，家长们都开始开车接送孩子上下学了。茨威格先生发了一封家长信，告知学生父母，在此特殊时期校车依旧会照常运行，他强烈建议孩子在家长无法接送时，一定要乘坐校车。他还说，任何情况下，都不允许孩子独自步行回家，哪怕学校离家很近也不允许，如果孩子只能步行，一定要有多名成人护送。

正因如此，汤米的家成了下一个目标。

汤米的爸爸开车去学校接帕蒂和汤米。回家路上，他们先去了一家商店，给汤米买做有关太阳系的作业时要用到的白色泡沫塑料球，然后又去了另一家商店，给帕蒂买了个新的双肩背包，是什么乙烯基塑料材质的，而且是在眼睛的承受范围内最鲜艳的荧光粉色。随后，他们又开车去了大西洋与太平洋超市，买了烤鸡、意面沙拉、西红柿、马苏里拉奶酪，还有一个菠萝。正是在他们采购的时候，有人闯进了他们的家。

当汤米、帕蒂和爸爸回到家时，根本不用开门——门已经被扯下来劈成两半了——就闻到了铺满地板的腐烂海藻的气味。只匆匆看了一眼，爸爸便把汤米和帕蒂推到了屋外，自己拿手机给警察打电话。但汤米在刚才那一瞬间已经把屋里的情形看得清清楚楚：架子被推倒了，椅子四脚朝天，储藏柜里的东西被掏空，书都打开着，上面沾满了绿色污渍，钢琴被从墙边推开，墙上留下了很多洞，露出了里面的房屋框架。

汤米和帕蒂一起坐在一截儿松树桩上，看着警察不停地进进出出。帕蒂靠着汤米，两人被警车车顶上闪烁的警灯晃得快要睁不开眼了。一共来了十辆警车。

那么多辆警车停在一起，警灯闪得那么疯狂，要想不被人看见是不可能的。很快，詹姆斯抱着他那个没有汤姆·布雷迪签名的橄榄球，帕特里克背着他的手风琴来到了沙丘上。就连爱丽丝也来了，她坐在沙丘上，把帕蒂抱在腿上，给她梳辫子。

汤米有些不敢看她俩。他记得这个画面。

他的项链又开始发热了。

他跪下来,用手掌把沙面抚平,再用两根手指在抚平的沙子四周勾勒出一个画框。他又看了一眼爱丽丝和帕蒂,开始用两根大拇指在画框里画了起来。他的左手拇指画的是帕蒂,她安静地坐在爱丽丝的腿上,不过年纪比现在要小一些,头微微向后仰着,脸上挂着微笑。他的右手拇指画的是爱丽丝,她俯身靠向帕蒂,轻柔地给她编着辫子,表情很专注。

詹姆斯不再转动他那个没有汤姆·布雷迪签名的橄榄球了。“简直神了。”他说,“汤米,你是怎么做到的?”

爱丽丝和帕蒂站起身,走过来看这幅画。

“画的是你们俩。”帕特里克说。

“是帕蒂。”爱丽丝说,然后摇了摇头,“但另一个不是我。”

她看着汤米,一副若有所思的样子。

确实不是她。

汤米和帕蒂回到屋子里。古德斯警官已经摘了警帽,一只手抚着脖颈儿,摇着头说:“我觉得这不是兰普金太太干的。”

“我没说是她亲自干的。”爸爸说,“说不定是她雇别人替她干的。”

“她可是副州长的妻子呀。”

“他们夫妻俩都不无辜。你看,除了我们,她是最想得到这栋房子的人。其他人有什么理由闯进来呢？我们家又没有那种人人都想要的宝贝。”

“天知道为什么会有人专门破坏别人家的房子！”

“这不是单纯的破坏，麦克。你看哪家的房子被破坏得像我家这么严重？你看，框架都露出来了。”

“也许茨威格先生家和你们这儿差不多。”

“还有别人吗？”

古德斯警官摩挲着他的脖颈儿。

“我想没有了。”他说。

古德斯警官开车去了兰普金地产经纪公司。晚饭的时候他回来了，告诉佩珀一家，他同兰普金太太说，自己并不认为她和佩珀家的房子遇袭有关，问她是否介意回答几个问题。兰普金太太告诉古德斯警官，她当然介意，还问是不是佩珀先生叫他来的，借此机会败坏她的名声，因为佩珀先生曾发誓要不惜一切代价阻止朝圣之路公寓的建成，而她早就料到像佩珀先生这样对镇上居民的住房需求毫不关心的人会使出这种伎俩。

古德斯警官告诉她，佩珀家的房子受损情况非常严重，所有人都知道。

然后兰普金太太说，那就更说得通了，如果佩珀先生觉得毁掉自己的房子能败坏她的名声，他当然会那样做了，可她才不会干那样的蠢事呢。

“这可太荒唐了，麦克。”爸爸说，“我怎么可能毁掉自己家的房子?！”

“我知道。”古德斯警官说，“但兰普金太太说，你已经把她的旗子拔走两次了。”

“简直胡说八道！”

“我知道，我知道。”古德斯警官看向窗外，“不过那些旗子到底去哪儿了呢？”

爸爸耸了耸肩:“谁知道。”

“孩子们知道吗？”

帕蒂摇了摇头。汤米也摇了摇头。

古德斯警官重重地叹了口气，说:“我觉得你没法儿把门一劈两半，是不是，汤米？”

“是呀。”汤米回答。

“帕蒂，那你最近劈没劈过什么门呢？”

帕蒂又摇了摇头。

古德斯警官大笑着，伸手揉了揉她的头发。“我知道了。”他说，“那只鸡是你们自己烤的吗？”

他们一起吃了烤鸡、意面沙拉、西红柿和马苏里拉奶酪。古德斯警官用牙签插起最后一片菠萝吃下去后，站起身跟佩珀一家道谢，并保证他会尽力让兰普金太太离他们远点。

“也离我们家的房子远点。”汤米说。

古德斯警官说，如果有什么发现他会及时通知他们的。

汤米觉得他大概什么都发现不了。

晚上，汤米和帕蒂睡在爸爸的房间。他们睡在睡袋里。只有这个房间窗户足够多，能让腐烂海藻的臭味儿散出去。不过也就稍稍散出去一点儿吧。

汤米脱掉衬衣，扭动着身体往睡袋里钻的时候，爸爸看见了那条项链。

“这东西是哪儿来的？”

汤米伸手握住项链：“在奶奶送的午餐盒里发现的。”

爸爸俯下身子：“它好像在发光啊。”

“有时候会这样。”

爸爸捏起项链：“我告诉过你吧，奶奶挑选礼物时总是很用心。”他一节一节地摩挲着指间的项链。“你妈妈……”他抚摸着它，“你妈妈肯定会喜欢这条项链的。”

汤米点了点头。

爸爸松开手，汤米钻进了睡袋里。

“晚安，汤米。晚安，帕蒂。”他亲了亲他们两个，然后在已经拖到卧室门口的椅子上躺了下来。这天晚上很暖和，真是万幸，因为这栋房子已经没有大门了。

汤米躺了好久都没睡着。

妈妈。

妈妈会喜欢这条项链。

他听到外面起风了。很快,风势就会迅猛起来。他看了看帕蒂,发现她也没睡着,睁着眼睛凝视着窗外的黑暗。当第一阵强风吹进屋里的时候,他看到爸爸躺在椅子上的身体一下子绷紧了。

汤米摸了摸项链,它暖暖的,贴在他胸前。汤米紧紧地握住它,用力地握着。他想象着狂风减弱,转为微风,然后微风也渐渐弱下来,越来越弱,越来越弱,直到完全停止。他想象着海浪轻柔地翻滚,到达岸边的时候甚至没有浪花迸溅。

帕蒂睡着了。

透过窗户,汤米看着星星没有规则地镶嵌在无边的夜空中。月亮出来了,他想象着赫瑞丝蓝色的光芒让一切都变得柔和而宁静,柔和而宁静,柔和而宁静……

爸爸也睡着了。

风吹在汤米身上，他想象着自己握住这缕风，把它放在沙滩上,直到它也沉沉睡去。他想象着风枕着墓园山,身体躺在水滨街上，紧挨着第一公理教堂和朝圣者大厅，进入了柔和而宁静的梦乡。

风确实睡着了。

他自己也差不多要睡着了。但就在这时,他听到从港口传来一声呼喊,是某个比吉赛儿还要悲伤的生灵,对着天上的星星发出了凄厉的喊叫。它很孤独，很失落。它在呼喊，可又害怕呼喊。它没有同伴。

汤米紧握项链。

是那个欧曼怪在呼喊。它在心碎。

早上，汤米在爸爸和妹妹睡醒前起了床。他走进客厅，打开所有面朝大海的窗户，然后环顾四周，想找出一把没被摔坏的椅子，却没能找到。他又走进厨房，好在那里还有一把。汤米把它移到客厅，坐到了钢琴前。

他望了一眼大海。

胸前的项链在发热。

他转过头来，看着钢琴，伸出了双手。

他弹奏了一首《醒来吧！沉睡者》——那首巴赫的曲子。

他弹奏得很美。

音乐像是从他的指尖流淌出来。

音乐像是从他的心田流淌出来。

一曲完毕，他转过身，看到爸爸和帕蒂站在那里，看着他。

他们哭了。

他望向窗外，感觉到了来自水中的孤独的目光。

吃早饭的时候，他试图将真相告诉爸爸。

“我想我知道是谁袭击了那些房子。”他说。

“汤米,兰普金太太不会为了得到我们的房子而去破坏普利茅斯所有的房子。这个道理连我都明白。”

“不是兰普金太太。是港口沙滩上的欧曼怪。”

帕蒂放下了手里的橙汁。

“欧曼怪?”爸爸说。

汤米点点头。

“欧曼怪是什么?”

“维洛人用他们的艺术创造出来的一个种族。”汤米说。

“维洛人用他们的艺术创造出来的一个种族?”

“对。”汤米说,“它孤零零的,它想回家。”

“或许可以吧。”爸爸说,“它的家……在什么地方?”

“没人知道。在大海深处,在一个只有维洛长老知道的地方,是他们最初给予欧曼怪生命的地方。但现在他们都不在了,所以只有欧曼怪自己知道那个地方在哪儿。”

“那如果我们找到那个地方,说不定会发现那里到处都是恐龙骨头,我们就可以收集起来全部卖给科学博物馆。”

“我知道这听起来很荒唐,可那里真的有一个欧曼怪。我觉得它很孤独,也许还有些害怕。它想知道是什么给了它生命,如果它找到了……”

“汤米,这是很严重的破坏行为,不是用来编故事的素材。”

“我没有编故事。”

“听上去就像个故事。”爸爸小口小口地喝着茶。

又过了好一会儿。

“妈妈就会相信我。”汤米说。

爸爸放下茶杯。最后，他终于说道：“好吧，如果它发现了是什么创造了它，它会怎么办呢？”

“我不知道，应该会回家吧，这样它就不会再孤单了。”

爸爸又抿了一口茶。

那天晚上，夜色柔和而宁静，汤米又弹奏了《醒来吧！沉睡者》，然后来到屋外的沙丘上，想听听是否有欧曼怪的声音。可他什么都没听到。接着，爸爸叫他回屋睡觉去，天太晚了。

之后，等确定爸爸睡着了，汤米又悄悄爬了起来。天很冷，他抱拢双臂，再次来到屋外的沙丘上。此时，月色明亮，海面清晰可见，浪花轻柔地翻涌着，一个接一个，唱着它们自己的歌。

忽然，汤米看到在不远处的大海里，好像有一块岩石正从水中渐渐升起，周围的海浪自动向两边分开。

汤米目不转睛地看着。

然后，他听到那首巴赫的曲子从海水中响起，像海浪一样低沉，像海风一样轻柔，像月光一样明亮。

他仔细聆听。

没错。就是那首巴赫。

孤独。如同思念你所爱的人。

接着，音乐声停了，项链随即变得滚烫起来，烫得汤米不得不用上衣将它裹住。

一颗星星从夜空中划过，盘旋片刻之后，裹在一团白色热气中飞速俯冲下来，随后就消失不见了。

等汤米再次看向大海，发现刚才升上来的东西也不见了，海水合拢，海浪依旧轻柔地翻涌着。

但项链仍然在发烫。汤米知道。一切都不一样了。

9

穿越黑暗的旅程

在雷塞德城堡塔楼最高处的房间里，蒙杜斯王重新点燃了维洛人的锻造炉，一连八天八夜，随着双日升起又落下，将它们的光芒投射到锻造炉的火焰中。火焰熊熊地燃烧着，看起来像是能把一切都化为灰烬，恐怕连蒙杜斯王自己都会葬身于那火焰之中。蒙杜斯王是为了锻造他的艺术。

第八天，在海纳芙升起和恒吉斯特升起之间，蒙杜斯王用尤里、太格里、贪婪的凯勒、贝林，以及刀疤贝拉林的奥鲁剑锻造出一个臂环。这个黑色的臂环承载着“沉寂”的力量，散发出邪恶的光芒。蒙杜斯王注视着它，内心激动万分。

于是，第一次日落时，蒙杜斯王在塔楼最高处的房间内召见了破坏者沃尔和骗子欧斯利。他对他们说：“你们两位都很强大，所以我派你们去寻找维洛艺术。找到它，将它带回来，这样我们就可以永远统治这个星球。”

破坏者沃尔和骗子欧斯利深深鞠了一躬。

“维洛艺术不能用蛮力抢夺，必须让对方心甘情愿地奉上。记住这一点。”

“心甘情愿地奉上。”骗子欧斯利重复道。

“还要记住，一旦到手之后，任何知道其中奥秘的人，哪怕只知道一点点，也要将其灭口。”

破坏者沃尔和骗子欧斯利又深深鞠了一躬。

“带回那条魔链，把它献给我，你们的英勇壮举将会被世代传颂。”

蒙杜斯王举起黑色臂环，将它紧紧扣在破坏者沃尔的胳膊上。房间里被火把照得通明，臂环像哈纽夫[①]打造的珠宝一样闪着耀眼的光芒，甚至比珠宝还要闪亮。

“让它作为一个标志，所有看到它的人都会知道，破坏者沃尔是我最器重的人，我把这个星球上最伟大的任务托付给了他。”

破坏者沃尔满脸堆笑地一躬到地。

骗子欧斯利内心则妒火中烧。

蒙杜斯王转身面向窗外。第二次日落开始了，天色正在迅速暗下去。

蒙杜斯王将一只手举向第二次日落时洒下的红色光芒，然后对

---

①维洛人，珠宝工艺大师。

着光芒歌唱起来，歌声高亢而骇人。他唱了许久，突然，破坏者沃尔和骗子欧斯利感觉“沉寂”像一阵狂风般骤然降临于屋内。蒙杜斯王让他们两人站近一些，然后再度开始歌唱。他的歌声从破坏者沃尔的臂环中召唤出苍白色的火焰，那团火焰围绕在他们两个周围，将两人缓缓地、缓缓地托起……随后，火焰裹挟着他们迅速地飞出这个温暖的星球，投入无边无际的宇宙。在那个寒冷漆黑的空间里，依旧有来自遥远星球的欧曼怪的呼喊声在回荡。

蒙杜斯王君心大悦。

这两个维洛叛徒循着欧曼怪的呼喊声疾速前行，心脏剧烈地跳动着。破坏者沃尔始终紧紧抓着蒙杜斯王赐予他的臂环。他们先是从那些熟悉的星球旁飞驰而过，后来，他们经过的星球就都是些从未去过，甚至从未听说过的了。

随着欧曼怪的呼喊声越来越清晰，破坏者沃尔和骗子欧斯利发现他们从其他星球旁闪过的速度渐渐慢了下来，围绕他们四周的苍白火焰也越来越弱。他们突然意识到：蒙杜斯王的艺术可不是维洛艺术，没有后者那么强大，万一火焰熄灭，他们就会坠入无尽的宇宙深渊。果然，没过多久，他们的飞行几近停滞，火焰发出微弱的“噼啪”声，马上就将彻底熄灭了。于是他们大声咒骂起蒙杜斯王有多无能，咒骂他竟然让他们去送死。

但他们唯独没有咒骂蒙杜斯王亲手锻造并赐予的臂环。

就在这时，破坏者沃尔感觉到臂环在发热。他伸手去拉，臂环却纹丝不动。转瞬之间,臂环变得越来越烫,破坏者沃尔使尽全力想把它从胳膊上扯下来,却怎么也做不到。接着,臂环燃烧了起来,苍白的火焰再次围绕在他们四周,带着他们继续向前飞驰,循着欧曼怪的呼喊声飞过一个又一个星系。破坏者沃尔难忍灼烧之痛,发出了绝望的惨叫,骗子欧斯利听在耳朵里只是幸灾乐祸。

他们飞呀,飞呀,臂环用破坏者沃尔的生命充当燃料,支持它未完成的航程。他们飞呀,飞呀,终于来到位于一个小型星系边缘的蓝色星球的上空。他们循着欧曼怪的呼喊声往下降,臂环燃烧的火焰在那个星球的黑夜的映衬下,显得越来越亮,越来越亮。随着最后一次冲刺,他们降落在了一片黑暗、冰冷的海滩上。火焰随即熄灭。水中,一个欧曼怪已经等候多时了。

就这样,骗子欧斯利来到了维洛艺术所在的星球,而破坏者沃尔被燃烧殆尽,化成了随海浪漂走的灰烬。

破坏者沃尔再也无法返回雷塞德城堡的消息传来后,乌度欧旗整整悬挂了二十四天。那些还坐在圣座上的人寝食难安,唯恐下一个就轮到自己。

但没人敢吐露心声,因为没人值得信任。

10

普利茅斯金秋节

佩珀家遭到破坏的几天后，兰普金太太开着她那辆黄色马自达,出现在了汤米的视线中。她把车停在路边,朝他们的房子走过来,一边走一边还不忘检查那些黄旗子。汤米看到她中途停下来好一会儿,仿佛在欣赏当她的朝圣之路公寓建成以后,公寓的住户能享受到的大西洋海景。可那天下午,海雾特别重,一大团一大团地飘浮在海滩上,汤米觉得兰普金太太对此应该很头疼,所以在想法子看能不能为未来的住户们解决掉这个碍眼的麻烦。不过她最后还是转过身,走上轨枕台阶,敲了敲佩珀家前门上仅剩的一块胶合板。

兰普金太太说，当听说他们家的遭遇时，她感到非常非常难过,不管是谁回到家后看到这样的惨状,都会觉得可怕极了。她说她明白他们为什么要责怪她,因为身处危机时,受害者都会想要找个人来责怪的,而她本人对此毫不介意。她说她这次是来提供援助的，她看到他们甚至都没能把碎玻璃扫干净，而且显而易见，过道的墙体受损十分严重，她怀疑这房子根本修不好了，得拆了重新盖才行。然后再看看客厅吧！她把手放在房子老旧的中梁上，说她感觉房梁在摇晃——基于她那房地产经纪人的灵敏触觉。

兰普金太太摇着头，说她见过损坏程度还没他们家严重的房子都被镇上鉴定为危房，然后被强制拆除了。

怎么可以用这种方式做事呢?!

兰普金太太指出，不管怎样，柠檬可以用来做柠檬水，每朵乌云都镶有金边，最黑暗的夜晚过后会迎来最明媚的早晨，所以尽管他们的房子已经是废墟一片，她还是愿意给出跟之前一样的价钱，文件就放在外面的车里，只要佩珀先生……

兰普金太太说，佩珀先生没必要用那样的语气。

兰普金太太说，她是诚心诚意来帮忙的，这是她今天造访的唯一目的。

兰普金太太说，从来没人当着她的面说这样的话。

兰普金太太说，从来没人敢这么粗鲁地对待她。

兰普金太太说，生意归生意，可她很期待看到佩珀一家在普利茅斯再也待不下去，而且不要指望她会付肖像画的钱。

兰普金太太瞪大了眼睛，连滚带爬地跌下台阶，朝她的黄色马自达冲过去。

汤米走到沙丘上。他摊开手掌，五指向内并拢，攥住一团海雾。

他感觉到帕蒂来到了他身旁。她正在摇头。

汤米松开手掌，放开了海雾。

兰普金太太的汽车飞快地消失在了视野中。

佩珀一家重新开始打扫屋子。

到周末时，佩珀一家已经更换了破损的窗户，到明年夏天前再装新的纱窗；移走了坏家具，给汤米和帕蒂更换了新的床和衣橱；修好了餐桌和三把椅子，只不过都稍微有一点点倾斜。他们装上了新的前门，给过道的墙壁贴上新的石膏板，抹上泥子，刷好底漆，就等着刷墙面漆了——汤米要求刷淡黄色，因为那是妈妈最喜欢的颜色。

空荡荡的客厅里有了一把新椅子，而爸爸觉得应该再在墙上添几幅画，这样看上去就不会光秃秃的了。帕蒂听了点点头，脸上露出了笑容。于是爸爸重新支起了他的画架，他说那天看见汤米的项链之后他就有了一丝灵感。可谁也没想到，他在三天之内竟然画出了七幅海景画，使用了大量绿色和银色的颜料。他把其中四幅画挂在墙上，另外三幅准备拿到普利茅斯金秋节上去展览。有一幅画上画了两个太阳。

“就是个疯狂的创意。”爸爸说。

汤米笑了。这还算不上是斯瑞博尔画法，他想，不过已经非常接近了。

这些画很宜尔丽尔。

周六，爸爸买来了淡黄色的涂料。他仔细地把过道的边角先用刷子刷一遍。汤米站在旁边看着，用手指摩挲着温暖的项链。墙面理应是平的，可汤米看得出来，这栋旧房子的墙面一点儿都不平，最高的地方有点儿向内凹，墙根处又有点儿向外凸。墙面上有十处、二十处，甚至一百处地方隆起来，还有上千处地方凹下去。如果他歪着脑袋看，会发现墙面呈现出的弧度就像海平线。

爸爸把淡黄色涂料倒进一个盆里，然后递给汤米一只滚刷，让他把过道剩余的部分刷好，他自己则走进厨房，看看怎么才能把坏了的橱柜修好。汤米往后退了几步，看着那些"海平线"上的隆起和凹陷，他觉得他可以……其实，他也不确定自己接下来会怎么做。

项链热热的。

他把滚刷放进盆里，蘸满淡黄色涂料。

他又看了看墙面。

然后，他开始在墙壁上滚刷涂料。他很快就刷完了，整个过道都变成了浅浅的黄色。

接着，他又举起了滚刷——项链已经热得发烫了。他沿着墙壁的弧度，沿着上面的每一处隆起和凹陷挥动着手中的滚刷，先是使劲压着刷，然后减轻力道刷，再用边缘竖着刷，速度时快时慢，直至最后，将滚刷像羽毛轻触般掠过墙面。

帕蒂一直在客厅里整理书籍，把那些没沾上绿色污渍的书挑出来，放进爸爸重新立好的书架上。这会儿，她走进过道，注视着淡黄色的墙壁，起先微微眯着眼睛看，随后歪着头看，接着又往后仰着身子看。然后，她笑了，笑容久久没有散去。

“你喜欢吗？”

帕蒂双手环过汤米的腰，紧紧地搂着他。

爸爸在往外搬最后一箱摔碎的餐具时，朝过道里扫了一眼。

幸好箱子里装的是摔碎的餐具。

“汤米。”他先喊了一声，然后微微眯起眼睛，随后又把头歪向一边，“汤米，你是怎么做到的？”

“我记得。”汤米说。

爸爸走过来，抬起手，在触摸到墙壁之前又缓缓放下。然后，他往后退了一步。“你记得。”他低声说。

他走出了房子。汤米和帕蒂跟在他身后。

他们坐在沙丘上，从海上吹来的微风温暖得让人意外。高高的草不断摇摆着，彼此间传递着当天的消息。海鸥安静地逆风飞翔，眼睛半睁半闭，当风向合适的时候，它们就会猛然降落到地面上。几只水母被冲上岸来，在海水覆盖不到的地方闪着神秘的微光。风是咸的。凉爽纯净的湿气无处不在。

在沙丘上，佩珀一家三口倚靠在一起。他们都哭了，但那是喜悦的眼泪。他们都记得妈妈托着脸颊的样子，她挥动双手的样子，记得她有多爱哭、多爱笑。

而在家里的过道中，在淡黄色的墙壁上，留下了汤米用淡黄色画出的他记忆中妈妈的模样。

是用斯瑞博尔画法画的。很宜尔丽尔。

看上去，普利茅斯人应该没心情过金秋节了。可是，随着农贸集市里运进了许多黄色的葫芦和整桶整桶的苹果酒，随着风向转变，今年的第一场霜冻在玻璃窗上留下了痕迹，普利茅斯人觉得，如果大伙儿再不借此机会乐和一下，这个秋天就白过了。人们一定要去集市上逛一逛，把棉花糖抹在彼此脸上，给拖拉机载重比赛大声地加油助威，要连坐几次“疯狂转椅”，再去买足有一英尺长的煮热狗还有炸面团吃。

于是，在十月份的最后一个周六，爸爸带着汤米和帕蒂，拿着那三幅海景画，一大早就来到了露天集市。这里已经有许多人了。大家聚在不同的摊位前，看小猪在选拔赛之前洗牛奶浴；看骑手把高头大马的鬃毛编成辫子，然后带它们去参加游行；看巨型南瓜过秤，然后在报重量时大家纷纷吹起口哨儿。人们在一笼笼眼神锐利的兔子、一惊一乍的鸡，以及长着惊人的橘色长嘴的白鸭子之间走来走去，空气中到处弥漫着锯木屑、煎炸油和上好的有机肥料的气味。只有大帐篷里除外，新鲜出炉的果酱派让那里面飘满豆蔻和肉桂的香气。

到处都能听到招徕顾客的人在吆喝，邀请人们到幸运转盘上试试手气，用塔罗牌占卜一下运势，或是从自亚洲带回来的东方玻璃珠里挑选自己中意的颜色。在一个摊位上，你只需要把三个篮子正确地排成一排，没错，只要三个，就能赢得一个大熊猫玩偶。还有号称“史上最大骗局”的卡蒂夫巨人秀，是整个金秋节集市最大的噱头。

大概十点钟的时候，他们碰到了爱丽丝。爱丽丝拥抱了一下帕蒂，还说要是帕蒂愿意的话，她还可以给她编辫子。帕蒂点点头。他们去音乐演出舞台的台下找了张长凳坐下，那里离小吃摊位也很近，他们买了刚出锅的炸面团，一边吃一边看演出，而爸爸则带着他的海景画去展览。临走之前，爸爸给了他们很多代币，和他们约好正午的时候在苹果派摊位旁碰面，还一再叮嘱帕蒂要寸步不离地跟在哥哥身边。

爱丽丝、汤米和帕蒂一共吃了五个炸面团，他们都没想到自己能吃下那么多。在欣赏了福克斯波罗小提琴演奏团的明星小提琴手在背后拉琴，以及安德鲁斯姐妹合唱团的“经典老歌大联唱”之后，詹姆斯找到了他们。

“我没错过吧？”他说。

“错过什么？”汤米问。

“帕特里克呀。”

他们不解地看着他。

“帕特里克今天会上台演奏。”

“演奏什么？”汤米问。

“当然是他的手风琴呀。”

“在这么多人面前？”爱丽丝说。

“不，他会等所有人都离开之后再演奏。”詹姆斯说。

“这个主意倒不赖。”汤米说。

帕蒂打了他的肩膀一下。

“干得漂亮！”詹姆斯说，“再给他一巴掌。”

帕蒂本来真的会再打他一下，但就在这时，一个穿着镶有金色亮片外套的人走上舞台，宣布说帕特里克会用他那架琴声优美的、让人忍不住扭动脚趾和着拍子起舞的手风琴，为大家表演一段美国民谣联奏。接着，头戴黑色牛仔帽的帕特里克走出来，站到了舞台上。

“哦，天哪！”爱丽丝说。

大家看得出来，帕特里克很紧张。他把手风琴背到身上，不停地眨着眼睛，脸颊通红，嘴巴大张着，好像是在拼命吸气。

可他还是开始演奏了。

汤米不得不承认，他表现得还不赖，而坐在台下的人都觉得这个帕特里克用那架“琴声优美的、让人忍不住扭动脚趾和着拍子起舞”的手风琴演奏出的音乐真是棒极了。有的人开始打拍子，有两对夫妇竟然走到舞台边上跳起舞来，接着又来了三对夫妇，继而更多的人也加入了进来。詹姆斯拉起帕蒂的两只手，带着她一起舞蹈，然后，爱丽丝把汤米也拽了起来，还说不介意他两只手上都是肉桂粉。汤米除了硬着头皮跟她一起跳，还能怎么办呢？

汤米琢磨着，等这一切都结束了，他一定得给帕特里克来上一拳。

接下来的节目是斯旺普·斯科特理发店四重唱。帕特里克走下舞台，大家在他经过时都为他鼓掌喝彩——看得出来，帕特里克很享受这种待遇。他走到他们旁边，爱丽丝说他表现得棒极了，詹姆斯和汤米说他戴着那顶牛仔帽看起来傻乎乎的，帕特里克说他看见汤米和爱丽丝跳舞了，汤米立刻叫他闭嘴。爱丽丝问他为什么没告诉他们自己会上台表演，他反问要换成是他们在普利茅斯金秋节上表演的话，他们会到处说吗？詹姆斯和汤米都说绝对不会，打死都不会。之后，大家决定去买炸面团吃，就连汤米、帕蒂和爱丽丝都表示还能再吃下几个。汤米一边走一边说至少那顶帽子还不错，帕特里克就把帽子摘下来，戴在了汤米头上。“今天上午这帽子归你了。”他说。汤米调整了一下，让帽檐正好压在他的眼睛上方。

他们买了炸面团，又跑回去听斯旺普·斯科特理发店四重唱。听了一会儿，他们终于受不了了，就离开舞台去了游乐场。他们每人花了一个代币玩幸运转盘，只有爱丽丝赢了一个毛茸茸的白色考拉玩偶。她把玩偶送给了帕蒂，帕蒂把它紧紧搂在了怀里。接着，他们去玩射击游戏，要在一个小球升到小丑头上的时候用玩具水枪射击小丑的嘴巴，这回是汤米赢了，詹姆斯说是帕特里克的牛仔帽给他带来了好运气。于是他们花五个代币又玩了一次，这次让詹姆斯戴着那顶牛仔帽，果然詹姆斯也赢了。“我说得没错吧！”詹姆斯得意扬扬地说。汤米听了举起水枪就朝詹姆斯射击，詹姆斯也用水枪还击，柜台后面的摊主大叫着让他们停下来。最后，汤米夺回了那顶牛仔帽。

汤米全身都湿透了，可能正是由于这个原因，当听到招徕观众的人在大声喊着只要付三个代币就能观看“史上最大骗局”——卡蒂夫巨人秀的时候，他才会突然间感觉浑身冰冷。

与之相反，他的项链却在发热。

“进来，进来！”那个招徕观众的人喊道。他个子很高，脸上泛着一股阴郁的黑气，身上穿着黑色西服套装、黑色衬衫，戴着黑色手套。“进来吧。”他看着他们，“快进来！”

他们付了代币，走进了帐篷。

来到帐篷里面，脚下的锯木屑被人群踩成了一道一道的，尘埃在透过塑料窗户照进来的几缕阳光中狂舞。詹姆斯、帕特里克、爱丽丝、汤米和帕蒂从海报展板前走过，那上面写着——“卡蒂夫巨人！石化人！远古时代的巨人！”

詹姆斯掀起隔开内外区域的帘子。

项链有些发烫。

“我们不该来这里。”汤米说。

詹姆斯看着他：“你害怕了吗，汤米？”

汤米确实有些害怕。

“没有。”他说。

詹姆斯低头钻了进去，后面跟着帕特里克，然后是爱丽丝。

帕蒂抓住汤米的手，他们也钻了进去。帘子在身后闭拢，汤米感觉黑暗霎时间笼罩在他们周围。

帐篷里只有他们几个。

汤米紧紧握住帕蒂的手。

这里也铺着厚厚的一层锯木屑，同样被踩成一道一道的。里面放了一张长桌，四周用绳子围起来，以防人们靠得太近。一个人躺在长桌上，看起来像个石头人，脸部被腐蚀了，只剩一张嘴，没有其他五官，长长的胳膊紧贴在身体两侧，两条长腿微微分开，看上去比汤米刚才见到的任何一个巨型南瓜都要重。

或许是因为厚厚的锯木屑，或许是因为身处帐篷内部，又或许是因为太过昏暗，总之四周一片死寂。

“看，它个子可真高。”詹姆斯压低声音说。

汤米感觉项链烫得都快要灼伤他了。

帕特里克把脑袋从绳子上探过去。

“别碰它。”汤米说。

帕特里克看了他一眼。“是石头做的。”他慢悠悠地说。

“反正就是别碰。”汤米说。

帕蒂攥紧了被汤米握着的那只手 。

"没事的。"帕特里克说着，伸出手去，抓住巨人的一只脚，"它又不是活的，汤米，你还担心它会动啊。"

它当然不会动，汤米心想，它是石头人，它没有生命。

"人们曾经觉得世上真的有巨人。"爱丽丝说。

"所以才说是骗局嘛。"詹姆斯说。

它看起来确实像真的，汤米想，非常逼真。

那双脚太大了，像是有脚蹼，膝盖的位置很低，躯干和胸脯又长又单薄，左手差不多快垂到膝盖了，头也很大，而且……

"要是把它放到巴勒斯先生的教室里，是不是超级酷？"詹姆斯说。

汤米突然放开帕蒂的手，绕到石头人的另一侧。

"威廉·布拉福德小学的巨人。"帕特里克说。

汤米在黑暗中俯身细看。

没有右手。

"嘿，汤米……"爱丽丝说。

"安静。"

他们都看向汤米。

"什么都别说了。"

詹姆斯大笑着问："汤米，你是被吓破胆了吗？"

"我们得去找我爸爸了。"汤米说。他从长桌那边绕回来，又拉住帕蒂的手。

“汤米,你怎么了？”

汤米拉着帕蒂走出了这个昏暗的地方。

“喂,汤米。喂,等等我们！”

汤米并没有停下脚步。

他们离开了帐篷，那个脸上泛着阴郁气息的人已经不再大声招揽生意了，只是默默地看着汤米和帕蒂从他身边走过，直至走远。

他们在苹果派摊位前找到了爸爸，但汤米一点儿都不想吃爸爸买的苹果派。爸爸说一定是因为他吃了太多的炸面团。

汤米让爸爸跟他们去卡蒂夫巨人帐篷看看,说这事很重要。爸爸说比他刚刚卖掉三张海景画还重要吗？汤米说这真的非常非常重要,所以请他务必跟他们一起去看看。

爸爸看了他一会儿,放下手中的苹果派,然后拉过帕蒂的手：“带路吧。”

汤米在前面带路,等他们来到卡蒂夫巨人帐篷前时,那个招徕顾客的人已经不见了。

“帐篷关了。”爸爸说。

可汤米一头扎了进去。

爸爸和帕蒂只好跟着他走进去。

汤米掀开帘子。

长桌上空无一物。

“这里什么都没有呀。”爸爸说。

可帕蒂拽了拽他的胳膊。爸爸低头看看她，然后又看向汤米。

“是欧曼怪。”汤米说。

爸爸把帕蒂搂到怀里：“我们该回家了。”

汤米和帕蒂点点头。

他们连帕特里克的牛仔帽都没还就匆匆离开了。

那天晚上阴云密布，天特别冷。在回阁楼之前，汤米和帕蒂、爸爸一起透过前窗眺望大海。没有月光，他们只能勉强看到白色的浪头向岸边拍打过来。

回到阁楼上，汤米又透过屋顶上的天窗望着大海，还是只能看到飞溅着白色泡沫的浪头。没有什么打破它们的节奏。

第二天清晨，他们走到外面去看日出。坐在沙丘的最高处，面前的一切都很宁静，项链摸上去凉凉的。

那天白天，一切都很平静，项链一直是凉的。

那天夜里，一切依然平静，项链一直是凉的。

周一，汤米牵着帕蒂的手上了校车。每次哪怕谢丽尔只是往他这边扫上一眼，他都会抬起手，作势要摘掉手套，然后她就会立刻往别处看了。大多数时候她都在看那些沿海的房子，车上其他的人也都在看，大家都在想，昨晚那些房子中有没有哪一栋又被闯入了，而自己家的房子又会不会成为下一个目标。

汤米觉得他们不用担心。他知道——虽然不知道这把握从何而来，反正他就是知道，不会再有房子遭到破坏了。

大家还是一直看着窗外。车开过枫树下，树上仅余的几片卷曲的红色枫叶也在摇摇欲坠。

然后，奇怪的事再次发生了。

先是一辆警车鸣着警笛、闪着警灯，呼啸着从校车旁开过去。

然后是在他们前方不远的路口处，又一辆警车一个急转弯驶入水滨街，紧随第一辆警车而去。

随后接连开来第三辆和第四辆，这回是马萨诸塞州公路巡逻队的警车，两辆警车加速超过校车，蓝色警灯在晨光中频闪着，看上去有点儿瘆人。

校车开进威廉·布拉福德小学，只见四辆警车都停在停车场上，警灯不停地旋转、闪烁。茨威格先生和巴勒斯先生站在停车场中间，示意陆续开进来的校车都停到一年级那边去。

除了汤米坐的这辆车。

茨威格先生看到校车的编号后，对巴勒斯先生说了句什么，然后走过去和站在一旁的几位警察说话。

巴勒斯先生则走到他们这辆校车前，冲格伦先生挥了挥手。车门打开，巴勒斯先生上了车，一排排座位看过去，终于看到了汤米。

他沿着过道走过来，然后弯下腰。

“汤米。”他说，“出事了。”

汤米感觉到帕蒂紧紧抓住了他的手。

“我给你爸爸打电话了。他马上就到。”

汤米觉得自己快要吐出来了。

这不是巴勒斯先生的错。只是汤米听过这样的话。帕蒂也听到过。

“跟我来。”巴勒斯先生说。

他们也听过这句话。

帕蒂紧紧抓着汤米的手不肯松开。

“你们俩一起来吧。”巴勒斯先生说，“密涅瓦小姐就在教务处等着你呢，帕蒂。你爸爸来了之后，会先把你接走。”

汤米和帕蒂拿起书包，在所有人沉默的注视下，跟着巴勒斯先生走下校车，接着，又在所有警察的注视下，走过停车场，走进了教学楼；他们穿过一年级的走廊，向教务处走去，走廊上的每一位老师都在看着他们；到了教务处，密涅瓦小姐走过来牵起帕蒂的手，教务处里的每个人也都在看着他们。汤米不想把帕蒂自己留下，可她冲他点了点头，表示她不会有事的。

在去六年级教室的路上，巴勒斯先生望着汤米。“听着，汤米。”他说，“你有没有什么事要告诉我？”

汤米抬头看着他：“比如说？”

“比如说你怎么能像那样切蛋糕，从来没有人会那样切蛋糕；比如说你是怎么画出看上去会动的画；比如说你怎么突然就认为天上有两个太阳。”

“天上只有一个太阳。”

“汤米，是不是有人想要你手里的什么东西？”

“有人想要我手里的什么东西？”

巴勒斯先生点点头。

汤米想了想。“兰普金太太。”他开口道。

“兰普金太太？”

“她想要我们家的房子。”

巴勒斯先生摇了摇头：“我觉得这事应该和兰普金太太没什么关系。”

“您是不是有什么事要告诉我呀？”汤米问。

“还是你自己进来看吧。”巴勒斯先生说着，走进了教室。他们用不着开门——汤米觉得这场面真是太熟悉了——因为门已经被扯了下来，劈成两半，扔在了走廊上。

但那可能是教室里唯一一件被劈成两半的东西了，因为其他东西现在可远远不止两半。每一把椅子都四分五裂，每一张课桌都被砸得稀烂，巴勒斯先生的讲桌变成了一块块木板，白板成了碎片，书本都被撕成了纸条，放书的书架简直化成了粉末。哪怕昨夜是场飓风席卷了这间教室，那情形大概也不会比现在糟到哪儿去。

还有那股法赫气味！那味道简直太臭了，就像是从海底挖出来的什么东西散发出来的，很像腐烂的海藻，但腐烂程度绝对超出想象。

项链开始发热了。

教室里的气味，那种法赫气味，是仇恨的气味。

欧曼怪如潮水般涌向索尔格荒原的布劳谷姆墙的那天，战场上散发的就是这种气味。当时，老威格林战斗到最后一刻，死在了欧曼怪的创克刀下。爱瑟人布鲁利斯接替了他的位置，同维洛人一起奋勇厮杀，最终击败了那些欧曼怪。而欧曼怪留下的恶臭弥漫在空气中，久久都未曾散去。维洛人为老威格林报了仇，可在双日升起和落下之时，哈诺拉号并没有被吹响。因为，欧曼怪立下誓言，要对维洛人和受到维洛艺术庇护的爱瑟人实施最恶毒的报复。

“汤米？”巴勒斯先生叫他。

汤米从内心深处感到了恐惧。

巴勒斯先生朝他走近一步：“汤米，你没事吧？”

汤米呆呆地盯着教室的墙壁。在所有马克笔都被折断成三截儿之前，有人用其中一支黑色马克笔在墙上留下了这样一行字：

汤米，把我们要的东西交出来。

“这事和兰普金太太没什么关系。”巴勒斯先生说。

汤米点点头。

爸爸搂着帕蒂走进教室。他也觉得这事与兰普金太太无关。

“您知道他们想要的是什么吗？”一位警官问。

“不知道。”爸爸说。

“您的孩子知道吗？”

汤米和帕蒂都摇了摇头。

那位警官双手叉腰。“那些破坏分子知道你的名字。”他对汤米说，“知道你在哪所学校上学，我猜，他们应该也知道你在哪儿住。”

“恐怕是这样。”爸爸边说边四下张望着。

“而且他们认为你手里有他们想要的东西。”

“他们一定是搞错了。”爸爸说。

“这已经不重要了。”警官说。

茨威格先生建议佩珀先生开车带汤米和帕蒂回家。那位警官说，他会派一辆巡逻车在后面护送他们，以确保一路上的安全。

茨威格先生还说他们俩应该休息几天，或许这一周都不用来上课了，等事情都搞清楚了再说。

汤米觉得，茨威格先生现在巴不得他们能离学校远点。

爸爸和校长一起去教务处办请假手续，汤米和帕蒂留在走廊上等他。当周围只剩下他们两个人时，帕蒂伸出手，隔着上衣摸了摸哥哥胸前的项链。

“我也觉得是因为它。”他低声说道。

她使劲拉了一下项链。

“但我不能把它交给爸爸。”汤米说。

她看着他,等他说下去。

“因为要记住她越来越不容易了。”他说,“我快不记得她的声音了，有时候我甚至都想不起她的脸，还有她的……可有了这个……”

他说不下去了。汤米强忍着泪水,他不想在学校里哭。

帕蒂给了他一个拥抱。

11

海丽思

瑞姆林觉得,如果再继续追随蒙杜斯王,自己早晚有一天也会丧命。而自救的唯一方式,就是和小威格林联手。于是,瑞姆林走下圣座,带上一个欧曼怪,来到了雷塞德城堡的地牢。欧曼怪奉命解开也克拉特,打开牢门,接着,瑞姆林走进了小威格林那间黑漆漆的牢房。

也许小威格林会同意和瑞姆林结盟,但瑞姆林永远都不会知道答案了。因为,还未等他开口,看到牢门打开的小威格林就一下子冲了过去,使出全身的力气从他手中夺下了奥鲁剑。不论是瑞姆林,还是他带来的那个欧曼怪,都再也没能走出这间牢房。

小威格林换上瑞姆林的议员长袍,顺利地从地牢中逃了出去,地面上的日光刺得他几乎睁不开眼。他走出雷塞德城堡,抬头望去,惊讶地发现爱瑟城几乎已经变成一片废墟。

城中到处都是荒芜凄凉的景象:冷风吹过残存的雕塑底座,那上面曾经矗立着哈纽夫、吉赛儿和老威格林的塑像，商店里的葛莱特劳艾特被砸得粉碎，没有一盏灯是完好的，就连维洛大厅里的那些巨大的水晶立柱都被推倒在地，摔得四分五裂。

空气中充斥着欧曼怪的卢卡气味。小威格林哭了，他没有掩饰自己的泪水，因为他心中的悲伤根本无从掩藏。他无力地握着瑞姆林的奥鲁剑，如果此时有欧曼怪出现，他恐怕无法战胜对方，他的命运会在今日以悲剧收场。

在泪水中，小威格林无比渴望维洛艺术能够重返爱瑟星球，他可以用维洛艺术重建被欧曼怪和维洛叛徒们毁掉的一切。

随后，布鲁利斯的女儿海丽思偶遇了小威格林。起初，她十分戒备，以为他是个议员。但后来，她看到他摔倒在废墟边好多次，就像一个经常饿肚子的人，就像现在所有的爱瑟人一样。所以，当他再一次摔倒在地，并且没有再站起来时，她心软了，走到了他的身边。他睁开眼睛看着她。她这才发现，他的眼睛是灰白色的——他是一名维洛人。她很吃惊，她本以为这个星球上已经没有维洛人了。

“赶紧站起来。”她说，“它们就快来了。”

可她还是说迟了。在艾瑟尔拉德[①]的尽头出现了四个欧曼怪，它们将创克刀拖在地上，朝他们这边走过来。

海丽思记起维洛人的友好善良，记起那些听老威格林讲述她父

①城市里的主干道。

亲布鲁利斯英勇事迹的夜晚,记起老威格林说他和她父亲是如何像兄弟般并肩战斗、生死与共,记起老威格林为了保护爱瑟人,是如何在索尔格荒原的布劳谷姆墙之下献出了自己的生命。

海丽思看着小威格林:“欧曼怪会发现我们的。”

她看着他以剑撑地,摇晃着站了起来。她知道,他不会临阵脱逃。

还没等欧曼怪意识到它们遇上了敌人,小威格林就一剑取了第一个的性命。那个欧曼怪临死前,手中的创克刀飞向了海丽思,她一把将其抓住,感觉上面还残存着欧曼怪的体温。

而第二个欧曼怪只来得及发出一声叫喊,长长的身躯就轰然倒地,从此与灵魂分离——如果欧曼怪有灵魂的话。

剩下的两个欧曼怪向小威格林发起猛烈的攻击,小威格林十分虚弱,已经难以招架了。创克刀不断砍在他的身体上,发出沉闷的钝响,他的手臂和肩膀血流不止,整个人被逼得频频后退,直到撞在破损的葛莱特上,然后摔倒在地。

布鲁利斯的女儿海丽思又一次想起了父亲的英勇事迹,她杀向欧曼怪,它们躲过了她的攻击。海丽思对小威格林说:“是时候重现属于维洛人的光辉岁月了!是时候坚定信念,为荣耀而战了!”

听到海丽思的话,小威格林站了起来。他们并肩战斗,生死与共。欧曼怪再次逼向他们,小威格林大吼一声,击倒了第一个欧曼怪,取了它的性命。与此同时,海丽思却被完全压制住了,因为另一个欧曼怪击碎了海丽思的创克刀。欧曼怪对此得意扬扬。不过,它的高兴劲儿并没能持续太久。海丽思纵身将它扑倒在地,它的手掌摊开,创克刀掉了出去。

海丽思一把抓起创克刀,这个欧曼怪再也没能站起来。

随后,海丽思在前带路,小威格林紧随其后,两人踉踉跄跄地走过艾瑟尔拉德,最终来到了布鲁利斯家。布鲁利斯先是看到自己的女儿,然后才看见那个有着一双灰白色眼睛的维洛人。布鲁利斯在那双眼睛里看到了他的朋友老威格林的影子。

那天晚上,布鲁利斯打开了一瓶珍藏多年的、产自维斯尔山谷的绿色埃尔德[1]。房子里一直洋溢着欢乐的气氛。但他们没有点亮烛火,并且始终压低了声音庆祝,毕竟街上还有欧曼怪在四处游荡,小威格林知道,它们不抓住他是绝不会罢休的。

①酒。

12

海藻的法赫气味

金秋节后的第一个周二的早晨七点半，普利茅斯规划委员会在镇政府礼堂举行听证会，议题是马萨诸塞州普利茅斯镇的兰普金地产经纪公司为修建朝圣之路公寓，申请对彼得·佩珀家的房产实施地役权。

汤米、帕蒂和爸爸都到场了。

兰普金太太也在。她和她的公司合伙人、律师，以及她那位副州长丈夫依次起身，向普利茅斯规划委员会陈述了他们的报告。

那些报告称，几乎所有毗邻的房产都已被实施了地役权。

那些报告表示，兰普金地产经纪公司愿意出资建造全新的基础设施，以满足新增的交通需求。

那些报告还说，朝圣之路公寓的建造和维护将为普利茅斯带来大量长期和短期的就业机会。

报告里承诺，建造方会使用最先进、最环保的建筑工艺和材料。

报告里预计，此举会增加当地的财政收入。

报告、报告、报告。

随后，委员会的人问佩珀先生有没有什么要说的。

爸爸站了起来，嘴唇颤抖着，半天没说出一个字。汤米看得出来，他是在寻找合适的措辞，但那些报告像一波又一波的巨浪，给他造成了很大冲击。兰普金太太的嘴角好像已经得意地翘了起来。佩珀先生还能说些什么呢？他苦笑着摇了摇头。

汤米的项链开始发热。

爸爸准备坐下了。

兰普金太太咧开嘴笑了。

汤米猛地站起来，握住爸爸的手。

项链热得发烫。

爸爸没有坐下，他开口说话了。

他说起了普利茅斯。他说，在那个阴冷、灰暗的十一月的一天，在海上漂泊许久的人们终于靠岸了，他们要在这片土地上开启全新的生活。他说，他们站在那片海岸上回望大海，然后又看向内陆。他说，或许，只是或许，应该让那片海岸的一部分保持原样，正如早期的普利茅斯移民初见它时的样子，也是世世代代的北美土著居民所熟知的样子；或许，只是或许，不应该把岸边的每一寸土地都卖掉，去盖高楼大厦。

他说起海岸线，说起大海那纯净的气息，说起一家人沿着海边散步，捡拾海浪抛给他们的“礼物”；他说，人们把毫无瑕疵的白色石头装满口袋，海鸥在风中翱翔，潮水的声音在耳畔回荡；他说，夜晚，月亮像是挂在高高的浪尖，清晨，海平线上洒下第一道阳光；他说，站在海边远眺时，如同整个世界都矗立在自己身后，那种感觉真的棒极了。

爸爸说完就坐下了。

汤米看向委员会的人。他能看出，这些人的思绪已经不在这间礼堂里了，他们回到了从前沿海边散步，等潮水退去后在口袋里装满白色石头的时光。

如果现在让他们投票，汤米敢肯定，朝圣之路公寓必将随海风远去。

可他们没有马上投票。

兰普金太太站了起来。她说她这辈子从没听过这么无聊的蠢话，简直匪夷所思！彼得·佩珀算个什么角色，怎么配教训她?!

她说她还有一两份报告要递交给规划委员会，问他们是否介意延后一个月投票，她只需要四个星期！

委员会的人还沉浸在海边的美梦中，他们随意地点点头，同意延期。兰普金太太和她的副州长丈夫气哼哼地离开了。

佩珀一家人步行回家，汤米和帕蒂拉着爸爸的手。

“再等一个月，”爸爸说，“就再等一个月吧。”

那天晚上，海浪汹涌澎湃，翻滚着冲上了佩珀家房前的海岸线。汤米躺在床上，听着海浪的咆哮声，不知道那些黄色的旗子会不会再一次被海浪卷走——听声音好像可以。汤米想象着它们一个接一个地被浪头拍倒，相互撞击，想象着它们被一股可怕的力量拖曳着，卷入深深的海底。

汤米从床上起来，走到过道里，台灯因为一阵阵狂风而闪烁不已。在那摇摆的灯光中，淡黄色墙壁上的“妈妈”也在轻轻地晃动着。

帕蒂抱着他俩的外套，已经站在前门那里等着他了。

“你现在应该在睡觉。”汤米说。

她穿上自己的外套。汤米握住她的手，两人一起走出家门，坐到台阶上。风凶狠地拍打着他们的脸。

汤米和帕蒂从未见过如此痛苦的海浪，它们正竭力挣脱大海的束缚，高高跃起，再狠狠地撞击海面。狂风中，乌云擦着他们的头顶快速掠过。今天本应是月圆的日子，可月亮却被乌云完全遮住了。

“帕蒂，”过了好一会儿，汤米开口道，“你真的该上床睡觉了。”

她蜷着身子，往他身边靠得更近了些。

他搂住她，两人继续看着大海。过了一会儿，爸爸走出来，随即又走进去，再出来时拿了条毛毯，将他们三个一起裹在里面。他们紧紧地挨在一起，直到风中忽然刮来几滴冰雨。

已经很晚了，不过他们还是在壁炉里生上火，好将寒意驱走。很快，火苗就蹿了起来，用来引火的松枝发出噼里啪啦的响声，甚至比窗外的雨声还大。帕蒂和汤米靠在一起，身上还裹着那条毛毯，爸爸则起身去地窖取一些更粗的橡树枝。

突然，汤米身子往后一仰，他感觉项链在拉扯他。他很确定，项链在向后扯他，让他远离炉火。

“帕蒂。”汤米叫道。

帕蒂抬起头。风雨声又大起来，盖过了炉火的声音。

“帕蒂，我们到沙发上去吧。”

他们起身坐到沙发上，还没来得及把毯子盖到腿上，就有一股强风顺着烟囱灌到房间里来，把闪着火光、还没烧尽的树枝卷到了他们俩刚才坐着的地方。炉火瞬间就被吹灭了。

海滩上传来一声号叫——也许是风声。

汤米从沙发上跳下来，一把抓过壁炉旁的铁锹，飞快地铲起冒着火光的余烬丢回壁炉里。但他鼻子里闻到的那股气味已经告诉了他，明天早上，他们一定会在地毯上发现几处烧焦的地方。他用铁锹反复刮过地毯的流苏，检查是否有遗漏的火星。

帕蒂伸出两只手。

“就是风而已。”汤米说，“没什么可……”

她又冲他挥了挥手。

汤米把铁锹放回壁炉边，坐到帕蒂身旁。她紧紧地靠着他，还把脸埋在他怀里。他用毯子裹住了他们两个。

海滩上又传来一声号叫,帕蒂哆嗦了一下。风继续顺着烟囱吹进来,余烬中亮起更多星星点点的火光。

终于,爸爸回来了。“今天晚上的风真是太大了。”他怀里抱着新取来的树枝,“听听那风声!就好像外面有什么东西在叫似的。”

然后,他们真的听见有什么东西在推前门。

汤米的项链又扯了他一下。然后又一下。

那东西又推撞了一下前门。

爸爸看着他们:“真有什么东西在外面吗?”

“别开门。”汤米说。

帕蒂也摇了摇头。

爸爸盯着门。

又推了一下。然后又一下。风声太大了,仅仅是这声音好像就能把旧墙板从房子上扯下来。

项链开始发热。

汤米飞快地跳下沙发,来到壁炉旁,余烬中还有火星在燃烧。他抓起两根树杈,把余烬都聚拢到一起——门又被推了一下——再把最细的松枝都堆在余烬周围,然后跪下来,开始使劲吹气,一下又一下地吹着。

爸爸走到门边,侧耳细听,一只手放在门把手上。

帕蒂披着毛毯,走过去跪在汤米身边。

门又被推了一下。

汤米一手握住热得发烫的项链，和帕蒂一起继续往壁炉里吹气。

终于，有细小的、红色的火焰从引火的松枝下面燃了起来。汤米小心翼翼地吹着那簇火苗。

风再次呼啸着从烟囱灌进来。

刚燃起的火苗立刻熄灭了。

门又响了，不过这一次，像是有什么东西在砰砰地撞击着，撞了一下又一下。是风吗？

爸爸走回客厅，把帕蒂搂在怀里。“这到底是怎么回事？”他小声问道。

一股腐烂海藻的法赫气味飘进房间里。

汤米感觉项链在往前拖曳他，像是要把他拖进壁炉里。然后，他感觉项链抖动了一下。

松枝间突然燃起一团炙热的蓝色火焰。

风又呼啸着从烟囱里刮进来，汤米加了很多很多松枝，然后又加了一些橡树枝。

门又被推了一下。

汤米加进更多干燥的树枝。炉火终于旺了起来。

四周一片静默。

长时间的静默。炉火越烧越旺。

门外不再有动静了。

但风并没有停。风的咆哮声仿佛能将空气都撕裂开来。爸爸说听起来像是什么东西在垂死挣扎。

可汤米摇摇头。“它是在发怒。”他说。

他们继续望着炉火,帕蒂已经睡着了。

“汤米,再跟我说说那些欧曼怪的事吧。”爸爸说。

“只有一个欧曼怪。”汤米说,“而且,我觉得它就在外面。”

那天夜里,他们一起睡在客厅。炉火整夜都没有熄灭。

周五,爸爸开车送汤米和帕蒂去上学。当他们到学校时,一切看起来都已恢复正常,唯一不同的就是在六年级走廊门口,多了古德斯警官巡逻站岗。汤米先去了趟校长办公室,告诉茨威格先生他和妹妹回来上课了,然后,汤米就走去他的储物柜放东西。一路上,与他擦身而过的每个人都在看他,就像他会带来什么不好的事似的。

汤米觉得,他们或许是对的。

汤米没来上学的那些天里,茨威格先生去了几乎没人去过的学校地下室,给巴勒斯先生搬上来一张硕大的、少了个抽屉的桌子充当讲桌。学生们也暂时用上了“新”的老课桌——老到桌角上还有那种凹进去的圆形墨水池的设计。尽管教室里的所有窗户都敞开着,门也开着——因为新门还没做好,温暖和煦的风不时地吹进来，墙壁上也刷了新漆，但教室里依旧弥漫着浓重的腐烂海藻味儿,其中还混合着那些桌子带上来的地下室的霉味儿。

除此之外,其他一切都还是老样子。

汤米坐到座位上。詹姆斯将他那个没有汤姆·布雷迪亲笔签名的橄榄球“咚”的一声砸到汤米的后背上。爱丽丝看着汤米,说他竟然失踪了四天,真是个无赖。“无赖?”汤米说。帕特里克提醒汤米,说他还没把那顶黑色牛仔帽还回来呢。于是汤米说,放学后帕特里克可以去他家拿,或者他们几个都去他家,他们可以一起在海滩上玩橄榄球,毕竟后面也不剩几天暖和日子了。这时,巴勒斯先生走进了教室,他问汤米这几天过得如何。汤米回答说还可以。巴勒斯先生又说汤米看上去很疲惫。汤米差点儿就告诉他,换作是谁一整晚不睡觉地提防着欧曼怪，都会看起来很疲惫的。还好他没说出口。

温暖和煦的风一直持续到下午放学,詹姆斯、帕特里克和爱丽丝伴着暖暖的微风走到汤米家，帕特里克终于把他那顶黑色的牛仔帽戴回了脑袋上。爸爸拿出薯片和辣番茄酱招待孩子们。此时，暖暖的风还在吹拂着。他们走出房子,来到了海滩上。

“汤米！”

詹姆斯迫不及待地将那个没有汤姆·布雷迪亲笔签名的橄榄球抛了出去。

“长传球。跑远一点儿！”

汤米在沙滩上向前飞奔，接到了这个球，之后一个凌空踢传给詹姆斯。然后，他又接住一个詹姆斯突破帕特里克的防守后使劲扔给他的球，他又是一个凌空踢传回詹姆斯那里。

“试试这个！”这一次，詹姆斯后退了几步，大力把球踢出。汤米加速狂奔，然后一跃而起，扑向了橄榄球，跟着整个人都跌落在了沙滩上。球被他紧紧搂在怀里——他又接到了。

“汤——米！汤——米！汤——米！”帕特里克大声欢呼着。

汤米站起身，浑身沾满了湿乎乎的沙子。

詹姆斯鼓起掌来。“相当不错！”他说。

这时，汤米突然感觉到一阵剧痛——项链在他脖子上扭动着收紧了。橄榄球从他手中飞出去，落入了高高掀起的海浪中。

“嘿！”詹姆斯大声喊着，“嘿！我的……”

泛着白沫的海浪拍下来，把球推回沙滩的方向。汤米赶紧跑过去捡球，球离岸边不算太远，但他不想把鞋弄湿，便抬起头来，想看看下一波海浪什么时候涌过来。

于是他看到了——

在离他大约二十五到三十英尺远的地方，一个欧曼怪像石头桥墩一样立在海水中，面朝沙滩的方向。

汤米下意识地去摸别在腰带上的哈林剑，却什么都没摸到。

“快把球捡起来呀，你愣什么神儿呢?！”詹姆斯喊道。

退去的海浪又把橄榄球带远了。

汤米又去够背在身后的林内鞭[1]。又摸了个空。

“汤米，你在干什么？”

汤米盯着欧曼怪。大海之中，潮水疾流，黄沙涌动，可欧曼怪却立在原地一动不动，甚至它那颗“无脸”的头也没有动过分毫。

汤米心中生起满腔恨意。正是欧曼怪，在宝恩围场背叛了亨吉尔，杀害了温和的弋利尔；正是欧曼怪，攻破了索尔格荒原的布劳谷姆墙，将维洛人花费千年时间建造的工事毁于一旦；正是欧曼怪……

“汤米，我可真是谢谢你了。”詹姆斯一边说，一边把牛仔裤的裤腿卷到膝盖上面。

“不！”汤米大声叫道，“*艾特斯，斯锐夫特*[2]*！*”

詹姆斯一脸迷惑地看着他：“什么？”

“别到水里去！”

詹姆斯摇摇头：“我的橄榄球还在里面呢。”

汤米一把抓住他的胳膊，然后指着大海说：“你瞎了吗？”

“什么呀？”

汤米望着海里那个一动不动的欧曼怪。

帕特里克走到汤米身边：“你看见那儿有什么东西吗？”

汤米简直不敢相信。他们怎么会看不见它呢？它离得并不远，

---

①一种类似长鞭的武器。

②“离水远点”的意思。

那儿的水也没多深呀。

又一波海浪涌过来,詹姆斯甩开汤米的手,走进了海里。

“詹姆斯!”

“汤米,别闹了!”詹姆斯又往海里迈了一步。

“*艾特斯,斯锐夫特!* 你这个白痴! *艾特斯,斯锐夫特!*”

可詹姆斯还是继续往海里走。欧曼怪没有动。

汤米瞪大了眼睛看着。

詹姆斯并没走多远,海浪就把橄榄球送回来了,直接冲到了他身前。詹姆斯抓住球,甩了甩,然后转身往回走。“有那么难吗?”他对汤米说。

汤米还在往海里看。

詹姆斯晃了晃手中的橄榄球:“如果连这个也坏了,汤米,你就又欠我一个橄榄球,欠两个了。”

汤米一句话都没说。

“汤米!”

欧曼怪抬起它断了手的右臂。海水打着漩儿,汤米不太能看清楚,不过看起来好像……好像欧曼怪在召唤他到海里去。

项链开始发热,热到发烫。

他摇了摇头。他不会过去的。

“汤米,你到底在看什么?”

欧曼怪并非在召唤他,它正把一个人从它身后拖出来。那个人比欧曼怪个子小，脸被阴影挡住了，看不太清。那个人是……

是妈妈。

汤米一脚迈进了水里。

她好像是从欧曼怪的身后漂出来的。

汤米又往前迈了一步。

“汤米？”帕特里克觉出不对劲。

“你在干什么？我已经拿到球了！”詹姆斯叫道。

妈妈好美，她长长的黑发用一条红色的方巾绾在脑后，在涌动的海水中漂荡着。

欧曼怪仍立在原地。

汤米感觉到詹姆斯和帕特里克抓住了他的胳膊。他甩开他们，就好像他们是“麦格理尔”。他们再次抓住了他，而他拖着他们一起往前走。妈妈正朝他游过来，仿佛她来自暗无天日的海底，仿佛她知道他就在附近，仿佛……

他又一次甩开那两个“麦格理尔”。

再向前走一步。海浪更高了。有人在他身后大叫着，让他马上回来。

海水已经没过他的腰了。

妈妈任由冰凉的海水托起她的手臂，伸向他。他听到了她的声音！“汤米。”他看到了她的脸！“汤米。”

接着，他感觉自己被一个又硬又重的东西砸到了头。

他的视线猛然变换了方向，差一点儿就头朝下栽倒在海里了。他用手捂着后脑勺儿，转过身去。

那个没有汤姆·布雷迪亲笔签名的橄榄球被海浪裹挟着，沉进了海里，没一会儿又冒出水面来。

“你们搞什么鬼？”

詹姆斯和帕特里克瞪着他。他们俩都站在没过膝盖的海水里，浑身都湿透了。

“捡球。”詹姆斯说。

这时，帕蒂拉着爱丽丝的手来到了海边。

她在哭。

“帕蒂，”汤米说，“妈妈在……”

帕蒂松开爱丽丝的手，抬起两只胳膊伸向汤米。

汤米突然向后仰了一下，海浪冲击着他的双腿，推着他向海里倒去。橄榄球也被重新卷进浪里，很快就消失不见了。

“汤米！”爱丽丝尖声叫道，“哦，天哪！”

还好，汤米、詹姆斯和帕特里克费力地从翻涌的海水中走了出来。汤米拉住帕蒂的手，帕蒂一下子扑过去抱住他，抽泣起来。

汤米回过头，望着幽深的海水。妈妈不在那里了。欧曼怪则退到了比刚才更远的地方。

它那张没有眼睛和鼻子的脸不再朝着汤米。

它转向了帕蒂。

汤米心中充满了憎恶与仇恨，他大声喊道：“*拜加姆，巴鲁特*[①]*！苏，拜加姆，巴鲁特！*”

海水的颜色变暗了，欧曼怪消失不见了。

妈妈也不见了。

海浪变得低矮而轻柔。

“我还没有和那个橄榄球说再见呢……”詹姆斯说。

现在，汤米的爸爸每天都开车送他们去上学。每天早上，汤米和爸爸都会对帕蒂说“希望你今天过得开心”，然后，目送着她走到一年级走廊门口，转过身，和他们挥手告别。

“我会的。”汤米会轻声代她说。

接着，爸爸会把车开到六年级走廊门前，詹姆斯总在那儿等着汤米。他们俩会在进教室前玩一会儿橄榄球，只不过詹姆斯投出的球简直惨不忍睹，因为他现在只能用学校里的橄榄球，那些球又短、又粗、又破、又旧，就连汤姆·布雷迪也没法儿用这种球投出旋转球。

但汤米·佩珀的接球水平依旧值得称道。不管詹姆斯抛出什么样的球，球最终都会像信鸽一样准确地落入汤米的手中。

第一声铃声响起时，他们会一起走进教学楼里。风已经不再温

①维洛语言中用来骂人的话。

暖和煦了，所以他们更愿意待在室内。他们把衣物放进储物柜，然后走进巴勒斯先生的教室，新刷的墙漆的气味已经变淡了，但腐烂海藻的恶臭依然没有散去。巴勒斯先生说，等他们学完“太阳系”这一章，可以尝试做嗅觉化学实验，看看能不能彻底消除这股子臭味儿。“如果你们不知道‘嗅觉’和‘消除’这两个单词怎么拼的话，”他说，“正好可以趁这个机会，用新字典查查看。”

汤米回校上课两天之后，几乎已经认为教室原本就是这副样子的了，什么都没发生过。

三天之后，他认为就算发生过什么，也都已经结束了。

四天之后，他觉得就连巴勒斯先生都已经忘记教室里曾发生过什么了，一切都一如往常。“好，咱们再来试试看，有谁能从水星开始，依次说出几大行星的名字？”

好几个人举起了手。爱丽丝说出了所有行星的名字，而且是按顺序说的。

“正确。”巴勒斯先生说道，“非常好。现在，请大家拿出一张纸——横格纸也可以，杰瑞米——在纸上依次画出这些行星，要画出它们的大小比例。它们的卫星也要画上。然后你们就可以把这张纸放在“太阳系”这一章的文件夹里作为参考资料了。是的，爱丽丝，我知道《今日科学》里有现成的图表，可什么都比不上你自己亲手做的，不是吗？”

汤米按照大小比例依次画出了所有的行星，还画了卫星。他画的时候，手臂一直悬在纸张上方，他用了斯瑞博尔画法。如此一来，木星上的大红斑真的在翻腾搅动，水星真的在疯狂旋转，火星上的冰盖也真的在隐隐发光。

五天之后，整间教室和原来相比已经没什么不同了。那些新替换进来的、摆得整整齐齐的旧课桌变得七扭八歪；新马克笔有一半都找不到笔帽；巴勒斯先生好不容易从别的班借来的一排书也被放得乱七八糟；白板上都是马克笔留下的痕迹，虽然很容易擦掉，却从没有人想过要去擦；墙漆的气味也差不多全散掉了。一切都恢复了原样。好像什么都没有发生过。

除了那股海藻的法赫气味。

汤米复课六天之后，他和帕蒂早上改坐校车去上学。不过下午，还是爸爸开车去接他们回家，因为汤米要和爱丽丝一起完成那个太阳系模型的作业，得晚点放学。那个用泡沫塑料做的模型摇摇晃晃的，他们都尽量少去碰它，不然很可能就前功尽弃了。

七天之后，古德斯警官不再驻守在六年级门口了，他回到街上继续之前的双人巡逻。虽然入室破坏的事件已经不再发生，但古德斯警官并没有心存侥幸。

在这些天里，汤米回到了以往那种熟悉的日常生活中：看日出，坐校车去上学，在巴勒斯先生的教室里上课，玩橄榄球，沿水滨街坐车回家，做有关太阳系的作业，吃晚饭，继续做太阳系的作业，和帕蒂一起读书，然后睡觉。

算是睡觉吧。因为每当他躺到床上,闭上眼睛,他就会想起水里的欧曼怪,想起他的名字被写在教室的墙上,想起妈妈张开双臂呼唤着他。他总是用手绞捻着项链,久久都难以入眠。

但到了转天早晨，他还是会开开心心地走进巴勒斯先生的教室,因为这天还会上有关太阳系的课。还有什么能比太阳系更有意思呢？当巴勒斯先生按照比例在白板上画出各大行星时,汤米会在笔记本上照着画一遍——依然是用斯瑞博尔画法，从而展示出行星的动态。然后,巴勒斯先生会开始讲水星表面温度很高,金星的大气有毒,木星有大红斑,土星有光环,海王星有卫星,会讲和银河系相比,这些行星是多么渺小,以及和其他浩瀚无垠的星系相比,我们所在的银河系又是多么渺小。每到这时,汤米就会往后一仰,靠在椅子背上,在这么一小段时间里,暂时把欧曼怪抛在脑后。

不过，汤米惊讶地发现，巴勒斯先生竟然漏掉了许多内容没讲。

比如,在有两个太阳的星球上,一年会有两次很高的海潮,高到浪头能够触碰天上的云，所以绝对不能在海岸附近建房子——会被冲走的赫伦特姆[1]除外。

比如,你越是靠近一颗扁平状卫星的边缘,就越能感觉到它在旋转。

①建在海边的临时房屋。

比如,在地球的光谱之外,颜色是有声音的。

比如,光并不是测量速度的唯一单位,思想也是,所以要去其他星系,还能用什么方式?

巴勒斯先生好像并不知道,躲在黑洞后面的星云在用它不寻常的重力对抗着黑洞。

不知道恒星为何会像脉搏一样跳动。

不知道气态行星的内核到底是什么。

既然巴勒斯先生觉得土星的光环是那么特别,难道他就没听说过艾劳恩[①]的球体光环吗?他肯定听说过。大家都听说过。

汤米很难理解为什么巴勒斯先生漏掉这么多内容没讲。

汤米觉得,他得帮帮老师的忙。因此,当巴勒斯先生讲到一位宇航员以光速飞行,要花四年多的时间才能到达半人马座阿尔法星时,汤米举起手说,要是用思想,只需要几秒钟就够了。巴勒斯先生挑起一边的眉毛:“用思想?”汤米说:“是的,思想。”然后,他告诉巴勒斯先生光波可比思想波要慢多了。巴勒斯先生点点头,说是呀,我们在想象中可以用更快的速度进行太空旅行。汤米微笑着说:“没错。”然后巴勒斯先生说,他们在上科学课,而不是科幻小说课。同学们全都哈哈大笑起来。汤米这才意识到,巴勒斯先生根本就没明白他的意思。

①遥远星系中的一颗行星。

汤米打消了帮忙的念头。

不过，汤米真的很喜欢巴勒斯先生。

所以，在巴勒斯先生要主持一场辩题为“冥王星是不是行星”的班级辩论赛，而他当天却并没有出现在教室里的时候，汤米开始担心起来。

在大家的记忆中，巴勒斯先生从没缺席过一堂课。很可能从他第一天当老师起，他就没有一天不来学校上班。

可他就是没来。

那天上午，汤米简直要在教室里待不下去了。欧曼怪的法赫气味太浓烈了。

13

起 义

蒙杜斯王命欧曼怪在爱瑟城中四处搜查,捉拿小威格林。一定要抓活的。蒙杜斯王极度渴望得到维洛艺术,在艺术之链稳稳落入手中之前,他不会贸然夺走小威格林的性命。

小威格林躲藏在布鲁利斯家中,伴随着双日的起起落落,他的手臂恢复了力量,他的眼中又有了神采,他的内心又充满了希望。他对布鲁利斯说:“是时候把那些愿意同维洛人并肩作战的人召集到一起了,是时候记起从前的誓言和我们曾经的战斗了。”于是,布鲁利斯给那些曾和维洛人共同战斗过的人,以及他们的子女捎去了信息,还把与小威格林的父亲并肩作战时曾用过的奥鲁剑和哈林剑送给了小威格林。小威格林把奥鲁剑系在腰间,把哈林剑背上肩头。布鲁利斯退后几步看着他,他看起来是如此骁勇,和曾与自己一起战斗的老威格林是如此相像。

他们等了三天。在这期间,他们传递出的信息在一点一点地扩散，而欧曼怪也没有停止对他们的搜捕。小威格林藏身于葛莱特劳艾特后面，目光灼灼地注视着那些杀害维洛人的凶手在街上肆意横行，散布它们的法赫恶臭。他把愤怒压抑在心中，双手紧紧攥住奥鲁剑的剑柄，攥得关节都发白了。

终于，在一个只有星光的夜里，小威格林、布鲁利斯、海丽思和伊尔嘉离开家，奔向位于爱瑟城外的、索尔格荒原的布劳谷姆墙。欧曼怪永远不会到那里去，因为那儿是它们曾战败的地方。到达之后，维洛人小威格林见到了许多爱瑟人，不过他们大都手无寸铁。在他们的眼中，小威格林看到的不是希望，而是恐惧。

“你们怎么变成了这副样子？”即使对他们所遭受的一切心怀怜悯，小威格林依然高喊道，“你们真的属于那个曾和维洛人一起并肩战斗，把雷塞德城堡以及整座城市都夺回手中的民族吗？那个曾把背信弃义的欧曼怪赶出索尔格荒原，再用自己的双手创造出一派欣欣向荣景象的爱瑟民族?！维洛人把他们的艺术带到这个星球上，就是为了让你们变成今天这副模样吗?！”

他们小声反驳着他，质问他是谁，又凭什么说出这么刻薄的话。他是否亲眼见证这座城市是怎样被欧曼怪毁掉？是否曾忍饥挨饿？是否遭受过欧曼怪的毒打？是否失去了一切？如果没有，那现在，他，一个维洛人，安然无恙地回到这里，又有什么资格对他们奚落指责？

伊尔嘉听不下去了，他愤怒地站了出来，向众人讲述了这个维洛人曾经遭受过的漫长而黑暗的磨难，讲述了小威格林同海丽思一起击败欧曼怪的那场战斗，讲述了小威格林是如何将维洛艺术送出这个星球，避免它落入蒙杜斯王的魔掌之中。他说，小威格林是这个星球上最后一个忠诚的维洛人。

爱瑟人为小威格林的遭遇感到难过，为他们误会了他而感到歉疚。他们屈膝跪倒，发誓要像过去他们的父辈同老威格林一起战斗时那样，追随小威格林，共同抗击蒙杜斯王和欧曼怪。

布鲁利斯的儿子伊尔嘉是所有爱瑟人当中年纪最轻的一个，因此，他并不记得当年那些在索尔格荒原的布劳谷姆墙之下厮杀的日子。“维洛艺术现在到底在哪里？”他问道，“我们或许可以利用它来反击？”

“你是最有资格问这个问题的人。”小威格林把手放在伊尔嘉的肩头说，“我想到了一个办法。”对于少年伊尔嘉来说，小威格林的手很重，是他肩负过的最沉重的东西。

小威格林向他们讲述了取回维洛艺术的方法。说完，他问伊尔嘉是否可以完成这个使命。伊尔嘉的父亲布鲁利斯主动要求代替儿子去执行这项任务，但小威格林说：“这件事只能由年纪最轻、个子最小的人来做，因为我一个人的力量无法与维洛祖先相提并论，只有伊尔嘉能完成这段如思想一般漫长的旅程。”

伊尔嘉觉得自己的梦就要实现了。他记得维洛人的传奇，记得和他们并肩战斗的爱瑟人的故事。他无比渴望能见证“沉寂”再次被尘埃和灰烬所掩埋。因此，伊尔嘉用颤抖不已的声音承诺，一定不负众人所托。

维洛人小威格林又看向那些爱瑟人，这一次，他在他们眼中看到了希望。

随后，小威格林将爱瑟人分成了几支小队，每一队选出两人做队长。当这两名队长走上前时，小威格林能感觉到，他们都有着慈悲的胸怀和坚定的意志。因此，即使他们的臂膀并没有他之前期望的那样有力量，小威格林依然相信他们可以与欧曼怪相抗衡。

那么，除了战斗之外，还能有什么办法去对抗“沉寂”呢？

破坏者沃尔曾让布鲁利斯带回爱瑟人归顺的证据。此时，对于自己即将带去的讯息，布鲁利斯露出嘲讽的笑容。

当天晚上，布鲁利斯一家人围坐在一起，对于即将发生的一切暗暗担忧。毕竟，从未有人在离开这个星球之后，还能平安返回。

然而，这正是伊尔嘉要去做的事。

14

朝圣之路先生

班里的同学都在猜测,要过多久才会有老师来“接手”他们。詹姆斯打赌是一整天。所以这会儿,他已经开始把课桌都往教室一侧推,想腾出一个室内橄榄球场来了——尽管他能玩的只有学校的那个破橄榄球。这时,麦莱蒂夫人出现在教室门口,看上去有些吃惊。

“茨威格先生让你去一趟他的办公室。”她对汤米说。然后,她看着詹姆斯说:“你为什么把课桌推成这样?”接着,她又对全班同学说:“我觉得,我最好一直待在这里,直到代课老师来。”大家都哼唧着抱怨起来。“你们以为我愿意待在这里吗?我拿工资可不是来干这个的!”抱怨声继续响个不停。

汤米往茨威格先生的办公室走去。走廊里,欧曼怪的法赫恶臭还是很刺鼻,他纳闷儿大家怎么能忍受得了。他们难道闻不到吗?看起来好像并没人在意这件事。

他走进校长办公室，敲了敲里间办公室的门。门马上就开了。

茨威格先生看上去好像也有些吃惊。

“汤米，”他赶紧说，“谢谢你能来。”他搂住汤米的肩膀，几乎是把汤米拽进了办公室。

办公室里还有一个人。

那是个高个子男人，脸上泛着一股阴郁的黑气，身着黑色西装、黑色衬衫，戴着黑色手套。他紧紧盯着汤米，一动不动。

“汤米·佩珀，这位是朝圣之路先生。”茨威格先生说。

朝圣之路先生微笑着站在原地。

“我想我们见过面。”朝圣之路先生说，“算是见过吧。”

“他一直在欣赏你的画。”茨威格先生说着，指了指那栋小房子。

朝圣之路先生点点头。“这真是一种不同寻常的……”朝圣之路先生顿了顿，看了看窗外，又看了看汤米，“……画法。”他补充道：“至少对这个地方来说，太不同寻常了。”

汤米真希望朝圣之路先生从未见过这幅画。

茨威格先生的手还放在汤米的肩膀上：“巴勒斯先生不在的这几天，朝圣之路先生会给你们代课。他想问你愿不愿意做他的特别助手，帮他和同学们熟悉起来。我告诉他你肯定会乐意的。”

汤米往后退了一步，这其实并不容易，毕竟茨威格先生就站在他身后，紧挨着他。

朝圣之路先生低头望着汤米的胸口。藏在他上衣里的项链立刻开始发热。

“我们会很合得来的。”朝圣之路先生说。

“朝圣之路是个不同寻常的姓氏。”汤米说,“至少对这个地方来说,太不同寻常了。”

“是吗?”朝圣之路先生微笑着说,“我敢肯定,我们两个人……都很……不同寻常。”

茨威格先生斜着身子,稍微离朝圣之路先生远了一些。

“好了,汤米,”茨威格先生说,“帮朝圣之路先生拿一下东西,就是那边那个公文包,我来拿这个文件夹,咱们一起去教室吧。”

汤米拿起公文包。包很轻,汤米怀疑里面是不是根本没装东西。朝圣之路先生跟着他们走出办公室。他走路几乎没什么声音,一路安静地跟在汤米身后。

他们来到教室里,麦莱蒂夫人怀里抱着那个破旧的橄榄球,正指挥着同学们把所有课桌都搬回原来的位置。

詹姆斯看上去很不开心。

“麦莱蒂夫人?”茨威格先生说。

“我拿工资可不是来干这个的。”麦莱蒂夫人说。

“你拿工资也不是来……”

爱丽丝连忙捂住了詹姆斯的嘴。

“同学们……”茨威格先生一边说,一边朝麦莱蒂夫人那边瞥了一眼，示意她来介绍，但麦莱蒂夫人摇摇头，继续抱着橄榄球杵在门口。“同学们，这位是朝圣之路先生。巴勒斯先生今天有事不能来学校，所以由朝圣之路先生为你们代课。朝圣之路是个非常特别的姓氏，很适合威廉·布拉福德小学，我相信你们一定会互相喜欢，你们的表现也会像巴勒斯先生在的时候一样好。”说完，茨威格先生把他手里拿着的棕色纸质文件夹递给了朝圣之路先生。“班级名册。”他说。

朝圣之路先生点点头，接过了文件夹。他走到巴勒斯先生的讲桌边坐下，看着所有人。

麦莱蒂夫人转过身，茨威格先生紧随其后，两人忙不迭地离开了教室。

他们刚一走，朝圣之路先生便打开文件夹，拿出名册，把它撕了个粉碎。

“我会知道你们的名字的……”他说。

他说话的时候几乎没张嘴。

“……用不了多久。”

“真倒霉。”詹姆斯小声说道。他的两只手好像在抱着一个看不见的橄榄球。

“倒霉，倒霉。”帕特里克也小声说着。

汤米点点头：“倒霉透顶了。”

就算是坐下来，朝圣之路先生也是汤米见过的最高大的代课老师。他很可能是所有人见过的最高大的代课老师。

他的肩膀很宽，胳膊粗壮，手掌像盘子那么大，而且是那种很大的大盘子。他从不扭头，而是脸随着身子一起转。他的嘴巴总是抿得像一条直线。

他脸上的那股阴郁气息也融进了眼神里。

可当朝圣之路先生再次开口说话时，汤米发现，其实最不同寻常的是他的声音。在茨威格先生办公室的时候自己怎么就没注意到呢？他的声音非常悦耳。他说话的时候，听起来就像是在唱歌。你会情不自禁地听他讲话，情不自禁地希望他能一直讲下去。他让爱丽丝站起来，说出她的名字——他没有按字母顺序点名，而是按照奈斯顺序[①]——爱丽丝看上去仿佛坠入了爱河一般；詹姆斯站起来说自己名字的时候，汤米觉得，如果那个汤姆·布雷迪亲笔签名的橄榄球还在，詹姆斯一定会毫不犹豫地把它送给朝圣之路先生的；等到帕特里克站起来的时候，他看起来就像是已经拿到了朝圣之路先生送给他的波士顿红袜队今后每一场球赛的免费包厢票——不光他自己有座位，他的手风琴也可以占一个座位。

汤米知道，按照奈斯顺序，他是下一个。

朝圣之路先生用那双蒙着阴影的眼睛看着他。

“汤米·佩珀。”朝圣之路先生说。

①爱瑟星球上的一种排列顺序。

他念汤米名字的时候，可一点儿都不像在唱歌。

“汤米·佩珀，”他又说了一遍，“我认识你。”

汤米没有站起来。他倚在椅子背上，往下滑了滑。

朝圣之路先生收回投在汤米身上的目光，缓缓地环顾教室一周。“很高兴见到大家。”他说，“巴勒斯先生告诉我，你们是他教过的最好的班级。我相信我们肯定能合得来的。”

汤米四下瞧了瞧。从大家望着朝圣之路先生的表情来看，他很确定，他们一定会合得来的。

“打开你们的数学课本，做八十五页到八十六页上的十五道题。做完之后，把作业本交到我这里来。”

汤米又四下看了看。没有人抱怨。为什么？为什么连一个抱怨的人都没有？他打开数学课本，扭过头小声对爱丽丝说：“你不觉得他有些瘆人吗？”

“谁？”爱丽丝问。

“谁？朝圣之路先生啊！”

爱丽丝看着他：“我从来没听过像他那么动听的声音。”

“可是你不……”

“汤米同学。”朝圣之路先生点了他一下。

汤米开始做那十五道题。

做了一个多小时。

教室里非常安静。没人抱怨。没人求助。没人要去上厕所。没人求饶。就连詹姆斯都老实极了。

他们一个接一个地做完了，依次走过去给朝圣之路先生看他们的作业。

轮到汤米的时候，他隔着巴勒斯先生的讲桌把作业本递过去，没看朝圣之路先生一眼。朝圣之路先生用红笔给他批改的时候，他的视线一直落在自己的作业本上。

朝圣之路先生握笔的样子，看上去就好像这辈子从没拿过笔似的。老天爷，他握笔就像在握着一把奥鲁剑！

汤米的项链又开始发热。

“下午我们学习太阳系。”朝圣之路先生对大家说，“希望你们的表现不会像今天上午这么令人失望。”

项链变烫了，随着汤米的脉搏一下一下地跳动着。

汤米带着他的太阳系资料去了学生餐厅，却把午餐盒留在了储物柜里。他就是要把它藏起来，只不过这一次，不是为了避开班上的同学。

到了餐厅，他看了看今天的热菜菜单。玉米热狗。很好。从来没有人能吃完一整个玉米热狗。吃饭前，他翻看了一遍资料，挑出所有他之前画的会动的行星图，把它们揉成一团——他能感觉到那些行星就在他的手心里转动着。接着，他把纸团扔进了垃圾桶。他环顾四周，用不了多久，就会有一堆吃剩下的玉米热狗把它们埋在最下面了。

午餐后的休息时间，詹姆斯去了体育馆，想再找一个橄榄球，可他带回来的球比之前的还破。之后，汤米一个球都没接到，好像双手石化了一般。他眼睁睁地看着詹姆斯传过来的球从他手上弹走，落到沥青路面上。

“汤米。”詹姆斯说，“你专心点好吗？”

“我挺专心的。”汤米说。

“你还记得怎么接球，对吧？”

“我当然记得怎么接球，你这个白痴！”

“那就跑动横传！”

汤米跑了起来。球飞到他的手里，可他又没接住，球再次掉到沥青路面上。

“或许我应该传给爱丽丝。”詹姆斯说。

此时，天空阴云密布，空气冷飕飕的，好像冬季在结束一场长眠之后终于要醒过来，给人们点颜色瞧瞧了。长在六年级走廊门口的金针花随风抖动着，沙沙作响。几颗雨点“噼里啪啦”地滴落下来，落在身上，冰凉冰凉的。

大家都决定提早结束午休，回教室去。

汤米跟在所有人的身后。

他们走进教室时，朝圣之路先生正把汤米的午餐盒拿在手里转来转去。他面带微笑地看向汤米。

汤米这才注意到,教室里完全变了个样儿。巴勒斯先生原本贴在布告栏上的海报不见了，那可是波士顿红袜队的成员戴着职业棒球大联盟的总冠军戒指一起合影的海报，海报上有每个队员的签名,每一个！而现在,那里换上了一张太阳系的知识挂图。

除此之外,课桌都按奈斯顺序重新摆放了。如此一来,汤米的课桌正好摆在朝圣之路先生的讲桌旁边。

“很整洁嘛。”詹姆斯说。他抱着那个破旧的学校橄榄球,绕着所有课桌找了一圈,最后走到自己的座位前,还顺手关上了窗户。这会儿,外面的雨已经下得很大了。

汤米看着爱丽丝一直走到教室最后面。她的课桌被换到了那里。

爱丽丝很讨厌坐在教室最后面。

之前,如果爱丽丝的课桌被安排在教室最后面,她肯定会大声抱怨。

可这一次，爱丽丝却开开心心地坐下了。她望着朝圣之路先生,脸上挂着满意的笑容。

“汤米·佩珀,”朝圣之路先生向汤米伸出手,随即又缩了回去,“你的课桌在这里。”他指了指讲桌旁边的那张课桌,然后把手中的午餐盒放了上去。

汤米注视着他那双蒙着阴影的眼睛,坐了下来。

朝圣之路先生开始发大张的白纸。

“现在，咱们来学习太阳系。”朝圣之路先生说，“首先，我们来画一个遥远的星球，一个远离你们所在的太阳系的星球。那个星球要比你们这个寒冷的世界温暖许多。”

他低头看着汤米。

“运用你们的想象力，尽可能地展现创意，但是一定要……可信，要让它看起来和真实存在的一样。”

大家都低头画了起来，就连讨厌画画的詹姆斯也在画。

汤米感觉他的项链在扭动、拉扯。他抬起头。

朝圣之路先生的目光正死死盯在他的胸前。

“开始画吧。”朝圣之路先生说。

“我不太会画。”汤米说。

朝圣之路先生抬起一只手放在自己的脖子上，好像他正在抚摸着一条项链。“我觉得不是这么回事。”他说。

汤米拿起铅笔。他的项链在发热。

他画了雷塞德城堡，夜晚的雷塞德城堡。三角旗呼啦作响，壮观的那艾丽①被年迈的亦格拉艾夫②送上天空，它们在高高的空中绽放，分解成一个又一个火焰旋涡，但闻起来却充满大海的气息。哈诺拉号吹响，日利姆大潮③结束，城市进入了全新的季节，阳光普

①一种烟花。

②维洛人，“那艾丽”的发明者。

③爱瑟星球上最高的大潮，一年只出现两次。

照，凉风习习。汤米闭上眼睛。大海！纯净的大海的气息。

汤米用了斯瑞博尔画法。于是，三角旗开始在纸上飘动，那艾丽发出微弱的“嘶嘶”声。他几乎忘记了这是在……

“谁准备好展示自己的画作了？”朝圣之路先生站在布告栏前，手里拿着一盒图钉，“帕特里克？”

帕特里克站起来，手里的画笔却没停。他猫着腰补上最后几笔，然后拿着画走到布告栏前。朝圣之路先生递给他一枚图钉。

“真美。”朝圣之路先生说。他并没看那幅画。

“爱丽丝？”他说。

汤米看着朝圣之路先生逐个点了爱丽丝、詹姆斯、杰瑞米，以及教室里每一位同学的名字，在他们上前时也递给每人一枚图钉。然后，他们一个接一个地把自己的画钉在了布告栏上。每个人钉完之后，朝圣之路先生都会说“真美”，可他一幅画都没看过。

“你不觉得这很诡异吗？”汤米在詹姆斯经过时对他说。

“什么？”詹姆斯说。

“汤米，轮到你了。”朝圣之路先生说。

汤米用胳膊盖住自己的画。“我还没画完。”他说。

“有时候，伟大的艺术就是会存在缺憾。卡弗耶[①]总是把他作品的一角留下不画完。你记得吗？”

---

①维洛人，一位画家。

汤米记得。

“我觉得你应该记得。”朝圣之路先生咧嘴笑道。

汤米并没有笑。

“这个布告栏上只剩下一点点空间了。”朝圣之路先生说着,用手指了指。所有画都是按奈斯顺序排列的,只有顶端的一块地方还空着。“拿过来吧。”朝圣之路先生说。

汤米只好抬起胳膊,拿起画,走到布告栏前。朝圣之路先生把画接了过去。

“啊,是老笨蛋亦格拉艾夫。”他边说着边把画钉在布告栏上。

然后,他看着汤米。汤米感觉他的目光又移向了自己的胸前。

“回去坐吧,汤米。”朝圣之路先生说。他坐下后,朝圣之路先生指着布告栏说:“同学们,请看杰瑞米的画,他画的是在空中悬浮的彩球。”

“它们其实是……”杰瑞米想解释一下。

“在我们的想象世界中,我们完全能像杰瑞米这样,为一个新世界创造游戏规则。”朝圣之路先生走到太阳系模型作业前,把爱丽丝和汤米做的模型上面的泡沫塑料球揪了下来,“有时候, 我们也能把想象变成现实。”

他将八个球握在手里。

“前提是,我们拥有这种力量。”朝圣之路先生说。

他将八个泡沫塑料球抛向天花板,它们悬浮在了半空中。真的悬在了那里！接着，他竖起一根手指做绕圈的动作，一圈，又一圈。那些球随即分散开来，在教室上方盘旋转动着。

汤米一直垂着眼帘。

“力量。”朝圣之路先生低声说。

泡沫塑料球转动的速度加快了。

“所有艺术都关乎力量。”朝圣之路先生说，“没有力量就创造不出艺术，创造艺术可以获得更多的力量。事情就是这样，不管你生活在哪个星球，都是如此。”

那几个球转动的速度太快了，快到几乎连成了一条弧线。汤米就这么听着它们在他的头顶上“嗖嗖”地转圈。

它们转了好久。

“好了。”朝圣之路先生说，“很好。现在你们该去上音乐欣赏课了。快去吧。不过你要留下来，汤米。”

大家都站了起来，眼睛却还盯着在空中旋转的泡沫塑料球。他们跌跌撞撞地从课桌中间走过。帕特里克还撞到了自己的手风琴，琴被撞翻在地，不过他并没停下脚步。

汤米注视着他们离开。

他很高兴教室还没有安好门。

就剩他们两个人了。朝圣之路先生转过身看着他：“你几乎什么都没学会。”

汤米尽量不让自己去看那几个还在转圈的球。

“你戴着的是维洛艺术之链，它蕴藏的力量可不仅仅是画几幅会动的画而已，更不是用沙子造出一个欧曼怪那么简单。”

“那个欧曼怪在哪儿？”汤米问。

“在海里，在等待维洛主人的命令。”

“它想要回家。”

朝圣之路先生走近了些。

“欧曼怪想要什么并不是重点。我们现在说的是你，汤米·佩珀，你戴着维洛艺术之链。你见过另一个星球。你感受得到维洛艺术的魔力。”

在走廊的另一头儿，音乐欣赏课开始了。楼太太开始弹奏。

“把魔链交给我，我可以向你展示它更多的魔力。”

朝圣之路先生伸出手。

楼太太在弹那首巴赫的曲子。

“汤米，没有魔链，我什么都无法向你展示。”

他的手一直伸着。

那首巴赫的曲子飘荡在走廊里。忽然，汤米回想起了妈妈的话：“嘿，汤米，我喜欢听你弹钢琴，尤其是弹巴赫的曲子。每当我听你弹巴赫时，都有种想哭的冲动。”他记得妈妈的声音！“我想哭是因为你弹得太美了。”

他想起来了。

汤米站在原地。“你说错了。”他说，“艺术无关力量。”

朝圣之路先生微微一笑。“艺术总是和力量息息相关。”他说着，抬起一只手，攥成拳头，对准汤米。

个泡沫塑料球随即离开运行轨道，朝着汤米的左膝飞了过去——那个球变得像石头一样坚硬。

汤米跌倒在地上。

“难道不是吗？”朝圣之路先生说。

第二个球擦着汤米的头皮，飞进了后面的书架。

“汤米·佩珀，我们不是敌人。你有一条赋予你特殊力量的魔链，而我刚好知道那些力量都是什么。让我展示给你看吧。”

朝圣之路先生又伸出手来。

汤米退到了他的课桌后面。

第三个球和第四个球带着一阵风从他面前飞过。

“你的抵抗毫无意义。”朝圣之路先生说。

剩余的四个球朝他的胸前冲了过来。

这时，项链跳动了一下。汤米感觉到了什么。

他举起一只手。

八个泡沫塑料球再次飞向了天花板。

它们在……跳舞！伴随着那首巴赫曲子的节奏，它们时而升高，时而降低，慢慢地旋转，突然地下落，步调完全一致。

它们确实在跳舞。

朝圣之路先生牢牢地盯着他。然后，他抬起头，再次竖起一根手指做绕圈的动作，一圈，又一圈。但那些球并没有改变它们的舞姿。

汤米抓住椅子，撑着身子站起来。“我想我学会了很多。”他说。

那八个球依然在舞动着。

朝圣之路先生又笑了。“比我原本以为的要多。”他指着汤米的膝盖，“你已经像一个维洛人一样接受了教训。或许，我们可以学着彼此欣赏。”

“我是不是该告诉大家你到底是谁？”

“噢，汤米，我是谁？”

“我不知道。但你就是那个在金秋节上招徕顾客的人。”他抓住项链，“你来自另外一个星球。”

“谁会相信你呢？”

“你和欧曼怪是一伙的。”

“我和欧曼怪不是一伙的。我是它的主人。”

汤米更用力地抓着项链。他感觉到有什么……什么信息正输入他的头脑中，让他了解了一些事情。“你背叛了维洛人，你也背叛了欧曼怪，你让它们……”汤米闭上眼睛，“你让它们造反，蛊惑它们这样就能统治整个星球，然后……”他睁开眼睛：“然后，你夺走了它们的名字，还夺走了它们的脸。”

朝圣之路先生微笑着鞠了一躬。

“这就是你的卑劣行径。你是个叛徒，你背叛了所有人。”

朝圣之路先生挺直身子站在那里。

“那你呢,汤米,你背叛了你的母亲,从而也背叛了你的父亲和妹妹。她都不再开口说话了。”

他的话就像那八颗球同时击中了汤米的肚子。汤米一屁股坐在地上,突然,他再也想不起她的声音了。

朝圣之路先生走近几步:“依靠维洛艺术,我可以做很多事,我有很多办法来帮助你记住她。不过在我告诉你该怎么做之前,你必须先把魔链交给我。”

汤米摇摇头:“我不信任你 。”

朝圣之路先生俯身看着他。“汤米,让我们友好相处吧。”他轻声说道,“我们是一样的人。”

巴赫的曲子一直在走廊中飘荡着,很优美,很动听。

那天下午,汤米去一年级门口接帕蒂。他牵着她的手,他们一起去人行道上等校车。他俯视着普利茅斯港口和远处的大海,抓住了领口下的项链。

帕蒂抬头看着他。

“没事。”他说,“我就是磕到了膝盖,不严重。”她使劲握了握他的手。

“真的,放心吧。我没事。”

但并不是真的没事。

直到周五，巴勒斯先生都没来学校。除了汤米，大家似乎都已经把他给忘了。

“朝圣之路先生真是太完美了。”爱丽丝说。

“他确实了不起。”詹姆斯说。

“他是最棒的。”帕特里克说。

爱丽丝、詹姆斯、帕特里克，甚至包括谢丽尔！他们全都围着朝圣之路先生团团转，表现得如同他是上天赐给他们的礼物。

他确实是从天上来的，汤米想。

只不过不是他们以为的那种方式。

更不是什么礼物。

午休的时候，汤米去找茨威格先生。

麦莱蒂夫人告诉他，茨威格先生忙得要命。

汤米说他可以等。

“随你便吧。”麦莱蒂夫人说。

汤米等了一中午。茨威格先生办公室的门一直没有打开过。

“你该回去上课了。”麦莱蒂夫人说。

等他回到教室时，朝圣之路先生正在翻看《玛德琳》。

“那是我妈妈最喜欢的书。”汤米说。

“是吗？”朝圣之路先生说。

周一,汤米又在午休时间去找茨威格先生。

“他还是很忙。”麦莱蒂夫人说。

汤米依旧坐下来等。

等他回到教室时,朝圣之路先生把白板换成了浅黄色的板子。

他微笑着看着汤米走进来。“你不再带你的午餐盒来学校了。”他说。

“我把它弄丢了。”汤米说。

“它肯定藏在你的储物柜里。”朝圣之路先生笑着说。

汤米打了个冷战。因为他的午餐盒确实放在那里。

周二,汤米再次在午休时间去找茨威格先生。

“我觉得他没空见你。”麦莱蒂夫人说。

等汤米回到教室时,朝圣之路先生问汤米去哪儿了。“我从没见你在室外玩过 。”他说。

“我有时去图书馆。”汤米说。

朝圣之路先生冲他摆了摆手:“那里看似有很多东西可以学,但我觉得你在那儿根本学不到你真正想学的东西。”

随着朝圣之路先生摆手的动作,汤米似乎闻到了……妈妈身上的香水味。她一直用的都是那款香水。

朝圣之路先生咧开嘴笑了。

周三的午休时间,汤米照旧去找茨威格先生。

这回,麦莱蒂夫人没在她的座位上,而里间办公室的门是大敞四开着的。

汤米没再等。谁知道麦莱蒂夫人什么时候回来呢？他在开着的门上敲了敲，然后走了进去。

房间里充满了腐烂海藻的法赫臭味儿，简直令人窒息。可是，所有窗户都关着，茨威格先生背对着办公桌坐着，正在画架前临摹那张小屋的画。

“茨威格先生。”汤米叫道。

茨威格先生没有回答。

“茨威格先生。”汤米又叫了一声。

茨威格先生转过身：“你是谁？”

“茨威格先生，我想知道巴勒斯先生怎么了。”

“谁？”茨威格先生说。

“巴勒斯先生。”

茨威格先生举起画笔：“我很忙。”

“巴勒斯先生会很快回学校来吗？”

茨威格先生转过身，继续作画。

“茨威格先生。”

他不再回应。

汤米打了个冷战，只得离开了。

汤米去了图书馆。他找到电话簿，记下巴勒斯先生的电话号码，然后回到校长办公室。

此时麦莱蒂夫人已经回到了她的办公桌后面。

“我要打个电话。”汤米说。

“学生不能使用校长办公室的电话。”她说。

“我有急事。”

“你受伤流血了吗？”她问。

“没有。”

“那就不能算急事。”

“我就用一下,很快的。”

麦莱蒂夫人考虑了一会儿。“只能打两分钟。”她指着电话说。

汤米拨了巴勒斯先生的电话号码。当电话铃响了十二声后,他挂断电话,又拨了一次,以免自己刚才拨错了。这次,电话铃响了十五声,然后转为忙音。他再次挂断了电话。

“午休时间结束了。”麦莱蒂夫人说。

汤米害怕回教室去。

他觉得自己可能会像个一年级的学生那样放声大哭。

15

雷塞德之战

第二次日出后，日利姆大潮呼啸而至，巨浪翻涌着向岸边袭来。

昏暗的议事厅中，蒙杜斯王坐在高高的圣座上，等待关于小威格林的消息。可过了许久，都没有一丁点儿消息传来。他双手握拳，心中浮上一丝恐惧。他不知道骗子欧斯利是否已经拿到魔链，流失在外的维洛艺术让他寝食难安。蒙杜斯王盘算着，等骗子欧斯利回来之后，要如何从他手中拿到维洛艺术，又该如何除掉他和他口中那些狡猾、虚妄的谎言。

蒙杜斯王回到他那黑暗的、空荡荡的房间。

所以，他没看到有两个人在清晨的阳光中缓缓走向雷塞德城堡。一个身穿议员的长袍，另一个身形矮小，要迈两步才能赶上第一个人的一步。两人都戴着兜帽，迈着坚定的步伐，被他们的气势所震撼的欧曼怪全都弓身后退，在他们经过自己面前时一躬到地，以表敬意。

两人来到雷塞德城堡大门前,那个身形矮小的人看上去有一些迟疑,但他的迟疑也就持续了一瞬间。欧曼怪卫兵已经为他们打开大门,他们必须进去。大门在他们身后紧紧关闭,他们穿过雷塞德城堡的外庭,走过雷塞德大厅——在欧曼怪的法赫臭气四处弥漫之前,这里就叫这个名字。他们走过越来越狭窄的走廊,来到了仆人专用的螺旋楼梯前,这些楼梯通往十二圣座所在的议事厅。看到议员的长袍出现在这里,好几个仆人害怕得直往后退。

小威格林和伊尔嘉沿着楼梯向上走。

向上。

继续向上。

小威格林希望圣座上没有人,这样他们就可以畅行无阻地前往塔楼。

但在内心深处,小威格林却希望蒙杜斯王就坐在那里等着他们,或者任何一个维洛叛徒也可以,因为复仇的火焰正在他心中熊熊燃烧着。

年轻的伊尔嘉没经历过几次日利姆大潮,在巨浪的咆哮声中,他仿佛置身于梦境,对看到的一切都好奇不已。他觉得自己正一步步走入维洛祖先当年的光辉岁月里。

他们就这样攀上楼梯顶端,来到了十二圣座前。

蒙杜斯王并不在那里。

但他们见到了瞎子弗莱林和杀害艾格雷斯的那林。

小威格林让瑞姆林的长袍从肩上滑落下来。瞎子弗莱林听到动静后问道:“是谁? ”这成了他的临终遗言。

杀害艾格雷斯的那林一向心高气傲、自命不凡,他没有喊人帮忙,而是自己冲向了小威格林。他们手中的奥鲁剑在厮杀中频繁地碰撞在一起,剑刃飞溅出的蓝色火花让伊尔嘉看清了圣座的样子。

小威格林孔武有力,那林的力量则更胜一筹。小威格林不止一次跌倒在地,那林的奥鲁剑屡屡从他的身侧砍过,有几次就直接砍到了他身上。小威格林渐渐力不从心,看起来,叛变的维洛人就要战胜忠诚的维洛人了。

这时,梦中的情景在伊尔嘉眼前一一浮现。于是,他紧握母亲送给自己的格尔登[①],冲向厮杀中的两人。小威格林此时刚刚被那林砍倒在地,那林用膝盖将他压住,把奥鲁剑高高举起——小威格林以为一切都将就此终结。但下一刻,伊尔嘉双手握住格尔登,狠狠刺入了那林的后背。那林猛地转头,将手中的奥鲁剑挥向伊尔嘉。但伊尔嘉的躲闪更快,奥鲁剑的利刃并没有伤到他。

小威格林感觉力量又重新回到了他的身体里。随着绝望的消散,他的虚弱也随之消失。他用和之前一样的力量紧握奥鲁剑,重新加入了战斗。

雷塞德城堡的圣座前从未出现过这样的景象:蓝色的火花烁烁

①一种类似匕首的武器。

生辉，飞溅到葛莱特劳艾特上，将它们全部击得粉碎。由此，在远处房间内休息的蒙杜斯王终于睁开了眼睛。他叫来残酷的赛斐和欧曼怪卫兵，他们一起向十二圣座所在的议事厅奔去。

在那里，蒙杜斯王看到了两位议员的尸体，而通往塔楼的门已被牢牢地锁住——维洛人的锻造炉就在塔楼最高处的房间里。

蒙杜斯王又惊又怒，他命欧曼怪猛击通往塔楼的门。很长一段时间内，议事厅中持久回荡着的，唯有欧曼怪一刻不停的撞击声。

直到有新的声音响起。

蒙杜斯王走向一扇破碎的葛莱特，从窗口向外望去。

那是从下方传来的交战声。

雷塞德城堡被包围了。

爱瑟人杀回来了。

16

暴风再次来袭

十一月下旬的一个周六，兰普金太太又一次开车来到佩珀家。汤米听到了沙丘下面传来的她那台黄色马自达的喇叭声。他打开家门，她挥手示意他下去。汤米回屋穿上外套，因为外面开始下雪了。等他再次出来，走到她的马自达边上时，她正站在打开的汽车后备厢旁，看上去有些……暴躁。

“我可不像某些人，没那么多清闲时间！”兰普金太太说着，用手一指，“把这个从车里拿走，带给你爸爸。”

汤米把包裹着的画布拿出来。他知道那是什么。

“告诉他，我再也不想看见这玩意儿了。”她说，“而且，我一分钱都不会付的。”

汤米把画拿回家，塞进前厅的壁橱。

雪花飞舞着，将沙丘包围了。

大家都说从来没见过十一月的新英格兰海岸下这么大的雪。起初，雪并不大，也没什么风，一切都像被覆盖了一层又厚又软的羊毛。天足够冷，雪一直没有融化，雪花沿水滨街飞舞，飞向佩珀家房子所在的海滩，飞过那些插在沙地里的黄色旗子。

但随着日子一天天过去，雪越下越大。早上，汤米和帕蒂去学校的时候，天空只是阴沉沉的，等他们来到一年级走廊门口，天空已经乌云密布，云层中积满了潮湿的雪。在汤米走进六年级走廊后，乌云“裂开”，大团大团的雪(已经不能称之为雪花了)落在校园里。随后，天会越来越暗，雪也越下越大，到了放学的时候，校车已经要从齐轮毂盖深的积雪中开出去，雨刮器在风挡玻璃上疯狂地摆动，却起不到什么作用。

后来，麦莱蒂夫人终于说服心不在焉的茨威格先生宣布十一月的最后一周全校停课，毕竟，这场暴风雪看起来似乎要下很久很久。校车司机们已经无法忍受再在没过轮毂盖的积雪中开车了，教学楼房顶上的积雪也越来越厚，麦莱蒂夫人十分担心那些雪会把房子压垮，她可不想在天花板塌下来的时候还待在校长办公室里。天哪，她拿工资可不是来干这个的！

佩珀家的壁炉里一直生着火。爸爸支起画架，在画布上描绘暴风雪中的海面。帕蒂摊开四肢躺在地毯上，周围放满了书。汤米透过前窗看着外面，雪越来越密，就像天地间的一张张巨型织网，从绿色的大海上推移过来。只有在风稍稍停顿的那一刻——好比吐气前的深吸气，他才能看清海面上的波浪，随后，风就会再次发力，将漫天的大雪吹向佩珀家。

汤米凝视着窗外。这风像极了维洛叛徒们在索尔格荒原的布劳谷姆墙召唤来的那场暴风。当时，战斗尚未打响，风咆哮着吹进维洛人的眼睛，而云层中传来震耳欲聋的雷鸣声，像是有一万面特拉普鼓同时被敲响。那响声如此巨大，让忠诚的维洛人不禁心生恐惧。随后，在突降的暴雪中，他们只得先行撤退。

别忘了法赫的欧曼怪。

老威格林曾和他那同甘共苦的战友——爱瑟人布鲁利斯，一起对抗欧曼怪。凭借维洛艺术，他们筑起一堵冰墙，那堵墙……

“我要出去一趟。”汤米说。

帕蒂抬起头。

“在这种天气下？”爸爸说。

汤米穿上外套，又到壁炉边暖了暖手：“我就去海边待会儿。”

爸爸从画架前退后一步：“你确定？”

汤米听了听呼啸的风声。整栋房子仿佛都在随之晃动。

“确定。我很快就回来。”他说着，往外走去。

“那你小心点！”爸爸喊道。

刚一出门，汤米就感觉到风夹着雪重重地拍打在他的胸前。

项链很热。

他朝海滩跑去，穿过那些黄旗时还不小心踩倒了几面。他来到海边。海浪是黄绿色的，夹杂着乳白色的泡沫。它们咆哮着、翻腾着，与漫天的雪在空中撞击着，汤米已经分不清自己听到的是雷声还是海浪声了。

他往后退了几步，蹲下来，用手将海滩上湿乎乎的雪团成一个个正方的雪块。他戴着手套，雪很容易就成形了。他使劲按压，这些正方的雪块又都变成了透明坚硬的冰块。他沿着他家土地的边界线——黄旗就是最佳标识，摆好了第一层冰块。海浪翻滚着拍上海岸，差一点儿就打在他身上了。他转过身，从上衣里面拽出项链，把它举向大海，逼退了海浪。

他垒好第二层，然后是第三层，都是透明的正方的冰块，每块和每块之间都紧紧地贴合在一起。风不停地吹进他的外套，他开始冻得浑身颤抖，手也哆嗦起来。他不知道自己的眼球会不会被冻住。

很快，第四层、第五层和第六层也垒好了。

汤米绕到冰墙的另一侧，这样他就不用将后背直对着海风了。但风无孔不入地尾随而来，拍打在他脸上，他呼出的气都仿佛要结冰了。

第七层已经高至他胸口的位置。接下来是第八层。

他的双手马上就要冻僵了。他真的、真的很想知道，他的眼球会不会被冻住。

汤米站在原地，回头看了看他家的房子，脑海中浮现出老威格林和爱瑟人布鲁利斯在索尔格荒原的布劳谷姆墙之下并肩战斗的情景。

他很快垒好了第九层，然后是第十层。

他准备垒第十一层。等这一层弄好，冰墙就高过他的头顶了。这是斯瑞格斯①的一层。

他举起这层的第一块冰块。

一阵疾风席卷过海滩。汤米看了看身后，他简直不敢相信，他家的房子至今都没被狂风吹倒。可它确实好好地立在那里，木柴燃烧的烟雾从烟囱里刚一冒出来，瞬间就随风散去。

汤米将第一块冰块放好。透过透明的冰面，他看到海浪像疯了一样地开始胡乱翻滚，随即一波一波地向冰墙扑来，眼看着就要触到了。

他迅速地在斯瑞格斯这一层上放好第二块、第三块、第四块冰块。

一波海浪终于拍上了冰墙，白色的泡沫向空中飞溅。

他又放了一块。再放了一块。

海浪向后退去。

他继续放冰块，一块接着一块。

海浪卷土重来，一次，再一次 。

风屏住了呼吸。

①一件艺术作品最后完成的部分。

又一块。再一块。

风将屏住的气呼出，跟着再次屏住。

又一块。

此时，万籁俱寂。有干燥的、轻柔的雪花飘落下来。

再一块。

在一片寂静中，他俯下身子，把最后一团雪挤压成冰，然后放上去。第十一层也垒好了。

斯瑞格斯完成了。

他摘下手套，用项链在冰墙上刻下老威格林和布鲁利斯的模样。他们肩并肩地站在索尔格荒原的布劳谷姆墙之下，迎战如潮水般袭来的欧曼怪。

完成之后，汤米又转头去看他家的房子，除了房顶上缺了一两片瓦以外，一切都一如往常，烧木柴的烟不再飘散，而是笔直地升入空中。下一刻，太阳出来了，看上去朦朦胧胧的，不过确实出来了。海浪也不再喧嚣，而是轻轻地推搡着海岸。汤米笑了，将头转了回来。

然后，透过透明的冰面，他看到了站在冰墙另一侧的朝圣之路先生。他穿着一身黑色西装，双手插在口袋里。

朝圣之路先生看上去似乎比之前又魁梧了许多。

他们透过冰墙盯着对方。

"汤米·佩珀，这里不是索尔格荒原的布劳谷姆墙。"朝圣之路先生说。

汤米重新戴上手套。

朝圣之路先生走近冰墙，他的脸几乎贴在了冰面上。“我可以将魔链从你手中夺走。”他说。

汤米摇摇头：“如果这么简单的话，你早就拿走了。”

朝圣之路先生向后退了一步，笑了起来。“很好。”他说，“在我的那个星球上，像你这样的年轻人足以坐上雷塞德城堡的圣座了。”他望着汤米身后的那些黄旗：“用不了多久，你家的这块土地就会被夺走了。”

“或许吧。”汤米说。

“肯定会的。”朝圣之路先生说，“你将失去的是你爱的人最珍爱的东西，是你妈妈最珍爱的东西。不过，我可以同你一起去参加规划委员会的听证会，汤米。你知道的，我很会说服人。我可以帮你陈词，帮你和你的家人保住这块土地。事成之后，我只要维洛艺术。我还会和沙子堆成的欧曼怪一道离开，你从此再也不会听到关于我们的任何消息。这个交易很公平，毕竟，维洛艺术本来也不属于你。”

汤米再次回过头，看着他家的房子。帕蒂应该还在壁炉旁看书，而爸爸又重新开始作画了。

在冰墙的另一侧，朝圣之路先生也在作画。他画的都是爱瑟星球上的往事：亨格埃尔夫[①]因为愚蠢失去了百努大森林[②]的所有权；

①维洛人，百努大森林的拥有者。

②一片幽深漆黑的森林。

威戈同样因为愚蠢将阿努尔夫平原[1]拱手送与阿纳尔特；瑞格那尔夫在狂怒之下亲手毁掉丹维尔夫山谷里的果园,徒余一地狼藉。

“一个足以坐上雷塞德城堡圣座的人不会像亨格埃尔夫那样愚蠢。”朝圣之路先生说。

汤米觉得,自己几乎要点头同意了。

“对你来说,你家的土地难道还比不上那个你看都看不到的遥远星球吗？”朝圣之路先生说。

汤米把手放在冰墙的斯瑞格斯上。

“还是说,你要再次背叛你的母亲？”朝圣之路先生说。

第二次听证会的时间到了。那晚的雪不算太大,但夜空很暗,空气寒冷刺骨。佩珀一家开车到镇上去,稀稀落落的雪花沿路飘洒在车窗外。

会议室里坐得满满当当。规划委员会的成员坐在会议室前方的长桌后,兰普金太太、她的副州长丈夫,还有她的律师们则满脸笑容地在屋子里穿梭。兰普金先生尤其热情,不是和人握手,就是亲热地拍着对方的肩膀。同住海岸线上的街坊们都在折叠椅上落座,心中暗自庆幸跟兰普金太太打官司的是佩珀家,而不是他们自己。

佩珀一家三口坐在一起,与兰普金太太面对面。她看都不看他

①爱瑟城以北的平原。

们一眼。帕蒂背着她的粉色背包，里面装了好几本涂色书，如果觉得无聊时可以拿出来涂色。汤米则烦躁地拨弄着他的外套，它看上去至少需要再多打两个补丁。

朝圣之路先生站在前排不远处的墙边。他看着汤米，微笑着点点头，好像他们俩之间有什么不言而喻的默契。

和外面的寒冷相比，会议室里相当暖和。所有东西闻起来都是潮乎乎的，所有人的动作都像被按了慢放键。有人又从地下室拖上来许多把折叠椅，“嘎吱嘎吱”的打开椅子声响成一片。兰普金太太的丈夫还在跟人寒暄着，完全没有要坐下来的迹象。开始时间早就过了，会议议程都被打乱了。终于，木槌敲响，会议开始了。委员会开始点名。老天爷，谁出席没出席看一眼不就知道了吗？接下来是宣读上一次会议的会议纪要。提出修改。通过修改后的会议纪要。

看来，这次会议的时间会相当长。

汤米真想举起他坐的折叠椅，扔到房间另一边。他看了看朝圣之路先生，对方也正用那双蒙着阴影的眼睛看着他。

规划委员会现在开始讨论一些老生常谈的议题，如“中心街到水滨街的污水管道维修工程是否接受投标”。讨论维修成本。讨论工期。讨论镇上是否应该招募更多的投标商。表决。所有同意接受投标的人请说“赞成”。所有反对接受投标的人请说“反对”。有人反对吗？接受投标的提案通过。

汤米真的很想举起他坐的折叠椅，扔到房间另一边去。

下一个议题是“普利茅斯东北部新开发区域的土地免税问题”。讨论分区准则。讨论开发商的提案。讨论该区域新增的交通流量。所有同意的人请说“赞成”。所有反对的人请说“反对”。反对的人占多数。开发方案需要进一步修改。

汤米强迫自己坐在折叠椅上一动不动。

朝圣之路先生站得稳如泰山。

终于轮到新议题了——兰普金地产经纪公司对沿北海岸土地申请实施地役权的请求。

汤米不再扭来扭去了，不过他还是想把折叠椅扔到房间另一边去。他感觉到帕蒂握住了他的手。

朝圣之路先生扭头看着他。

兰普金太太请求起立，并向规划委员会陈述为“朝圣之路公寓提案”做的增补报告。

她慷慨激昂地讲了起来。

朝圣之路先生注视着汤米。帕蒂握紧汤米的手。

兰普金太太还在滔滔不绝地说着。新的就业机会。新的基础设施。新的税收人群。新的经济繁荣。

她的律师们也相继站起来发言。他们的语速都很快，说话都很大声。

朝圣之路先生依然注视着汤米。

委员会的人问佩珀先生作为这个地役权议题的当事人，他有没有什么要说的。

兰普金太太的一位律师马上站起来提醒委员会成员说，如果此次实施地役权的申请没有通过，兰普金地产经纪公司将保留起诉镇政府和规划委员会的权利。而如果佩珀先生在发言时诽谤兰普金地产经纪公司、兰普金太太以及她的同事，哪怕只说了一句，他们也将保留起诉他诽谤罪的权利。

爸爸站了起来。他说，这块土地在他的家族里已经传承了好几代，每一代人都全心全意地照料着它。现在，仅仅因为一家富有的地产经纪公司想得到这块地，就能直接把它抢走吗？而且，就像他上个月说的，海岸线上就不能有一些没被栅栏围起来的开放区域吗？

汤米看到朝圣之路先生摇了摇头。还不够。远远不够。

爸爸坐下了。

“好。”委员会的人问，“对这个议题，还有人要发言吗？”

朝圣之路先生看着汤米。

汤米在心中问自己，他对一个遥远到他看都看不到的星球的关心，真的胜过对妈妈珍爱的这块土地的关心吗？

一位委员会成员提出就这个议题进行表决。

他应该把维洛艺术交给朝圣之路先生吗？

“所有同意对佩珀家的土地实施地役权的人，请说‘赞成’。”

遭到背叛，陷入无尽黑暗的“沉寂”，意味着什么？

“所有反对的人，请说‘反对’。”

妈妈会说什么呢？

汤米站起来，瞪着朝圣之路先生。“反对。”他大声说。

朝圣之路先生站着没动，但眼里的阴影变得更暗了。

“孩子，只有规划委员会的成员才有投票权。规划委员会的所有成员，有人反对吗？”

汤米目不转睛地看着朝圣之路先生。

“还不算太晚。”朝圣之路先生说。

“她不会做这样的选择。”汤米说着，转过身去。

他知道这块地保不住了。他感觉好像有人在他的胸膛正中打出了一个大洞。有多少他原以为永远会在的东西，却在某一天突然离他远去了呢？

“对上述不动产实施地役权的申请通过。”

没有了。就这样没有了。

汤米、帕蒂和爸爸一起站起来，向外走去。

汤米没有回头看朝圣之路先生。

百努大森林曾经比那个星球上的任何一片森林都要广袤。那里的树木最高大、最翠绿、最茂密，即便是在最微弱的风中摇摆，也会发出隆隆巨响。那些树木和它们脚下的大地一样古老，有人认为，随着树龄的增长，它们已经拥有相当惊人的智慧了。每当亨格埃尔夫走在树下时，都能感受到它们的智慧。它们的树叶非常稠密，就连双日的光芒都无法穿透下来，洒在他身上。林间只有斑驳闪烁的点点光影，真是宜尔丽尔。

可是，亨格埃尔夫就为了一把奥鲁剑，失去了这片森林。那是一把十分古老的奥鲁剑，但也只是一把奥鲁剑而已。

所有树木都被砍倒了。

那个星球上再也没有那样的树木了。

就是这种感觉，汤米心想。

汤米和帕蒂推开铁门，走到夜空下。爸爸跟在他们身后走出来，伸出胳膊环抱住他们俩。汤米笑了。他们在里面的时候，天就转晴了。此时，星星在寒冷的夜空中熠熠生辉。汤米握紧帕蒂的手。

土地失去了。

但是他没有背叛妈妈。他知道他没有背叛妈妈。

至少他做到了这一点。

“咱们回家吧。”爸爸说。

“我想去走走。”汤米说。

爸爸抬起头看看天。“很冷的。”他说。

“我不会有事的。”汤米说。爸爸使劲抱了抱他，帕蒂也使劲抱了抱他，然后他们一起朝车那边走去。

汤米穿过水滨街往港口方向走。爸爸说得对，真的很冷。他的脚踩在雪地上，发出“嘎吱嘎吱”的响声。他甚至不敢太用力呼吸，因为怕吸进去的空气会冻住他的肺。

就连普利茅斯岩的纪念凉亭里那柔和的黄色灯光，今晚看起来都冷冰冰的。汤米将戴着手套的手夹在腋下，下巴缩进外套的衣领里。不知道普利茅斯岩上覆盖了多厚的积雪，他想，或许上面早已结了冰。

他没有背叛她。所以，他……感觉还不错。

他已经很长时间都没有过这种感觉了。

真的还不错。

他在星空下露出了笑容。

他想，天这么冷，普利茅斯岩上肯定结冰了。他笑着走进凉亭，低头往下看。

那个欧曼怪就站在普利茅斯岩上，它那颗“无脸”的头冲着汤米。

它的脸上只有一张嘴，还有项链留在前额上的印记。正是汤米的项链给了它生命。

它披在身上的海藻在往下滴水。

它把残缺的右腕横在胸前，做出防卫的姿态。

它的左手里握着一把刨克刀。

即使是在这么寒冷的天气里，汤米也依然能闻到欧曼怪的法赫气味。

汤米后退了几步，然后转身就跑。他一边飞奔过水滨街，一边回头看了一眼，欧曼怪已经抓着凉亭的栏杆翻了出来。

汤米向墓园山跑去，他已经不在乎寒冷的空气会不会把他的肺冻住。他跑过两座教堂，在古老的墓碑之间攀爬。雪结了冰，他脚底下不停地打滑，但他还是继续往上爬，从一块岩石爬上另一块岩石，然后再爬到下一块岩石上，就这样一路爬上了山顶。他累得快喘不上气了，眼泪也流了出来，但他还是能清楚地看到欧曼怪就跟在他身后，也在往墓园山上爬。

它轻松地在厚厚的积雪中移动着，沿着汤米留下的痕迹追了上来。

汤米感觉项链开始发热了。

他摘下手套，举起双手，张开五指，然后向冰冷的空气中猛地一推。

只见他脚下的雪自动聚集在一起，团成一团，然后朝欧曼怪滚落下去。坚硬冰冷的雪团从古老的墓碑之间滚过，欧曼怪被仰面砸倒在地，然后被四周震落的积雪埋在了里面。

汤米目不转睛地盯着。在两座教堂之间，有一大团雪开始慢慢地蠕动。

汤米喘着粗气。他感觉肺里十分冰冷。

雪不动了。

跟着，那一大团雪突然向上隆起……

汤米迅速转身，手脚并用地爬到墓园山的另一侧，然后开始往山下滑。这并不难，因为坡道上的雪差不多都结了冰。可当他成功滑到山下时，才发现那里的积雪都到他大腿根儿那么深了。他拼命地在雪中跋涉，双手不停地往两边划拉着，终于来到一处低矮的围墙，然后从上面翻了过去。落地时，他的膝盖重重地磕在街道的石块上，又是左膝，上次留下的伤还没好呢。

欧曼怪此时已经到了墓园山的山顶。

汤米拖着受伤的膝盖拼命往前跑，可每跑一步，左膝传来的剧痛就在提醒他得马上停下来。他再次向海边跑去，不过打定主意不要离水太近。他飞奔着——就权当是在飞奔吧——跑过法院街，跑到朝圣堂博物馆前，一步跳到博物馆的柱廊上，然后躲在石柱后面往回看。

欧曼怪前进的速度太快了，一点儿都不像是沙子做成的。

汤米如果想从中心街过去，就不可能不被发现，于是，他绕到博物馆后面，又来到水滨街上。他浑身都在颤抖，或许是因为冷，或许是因为他身上的衣服都被雪浸湿了，也或许是因为有个手持硕大创克刀的大块头欧曼怪一直追在他的身后。又一次经过普利茅斯岩的凉亭时，他往身后看了一眼。

不远处，欧曼怪高高举起了手中的创克刀。

汤米用一只手扶着左膝，继续向前跑。

不停地跑。

远远地，他看到威廉·布拉福德小学一年级走廊里的灯还亮着。

如果灯亮着，或许里面有人……

他横穿马路朝学校跑了过去。他跑进学校，跑到一年级的走廊门前，使劲一拉——门锁着。

他回头看了看。欧曼怪发现他了。

他绕过整座教学楼，跑到六年级的走廊门前。这里的灯也亮着。他拉了拉门。

门开了。

汤米跑了进去。

“喂，茨威格先生！”他大声喊道。

没人答话。

“有人吗？喂，有没有人哪？”

还是没人答话。

“喂！”

他气喘吁吁地前后张望：走廊尽头的门锁着，这是一条“死胡同”。他汗流浃背。快要来不及了，他没时间多想，迅速脱下外套，朝教室那边扔了过去。

跟着，他原路跑出去，穿过停车场，躲到了废品回收箱的后面。他一边等待着，一边揉着左膝，同时尽量压低自己的呼吸声，让它不要太重。

欧曼怪从一年级那边绕过来了。它把六年级的走廊门从门框上一把扯下，劈成两半，丢到了身后。

它两只手握着刨克刀——就权当是两只吧——慢慢地走进去。

汤米能看到它的头先是往左右两边各扭了一下,然后将创克刀举得更高,朝汤米扔掉的外套走了过去。

项链开始发热了。汤米的心中突然注入了一种出乎他意料的情绪:悲伤。

为欧曼怪而悲伤。为它不能视物而悲伤。为它残缺的右手而悲伤。为它生活在冰冷的海水里而悲伤。

为它独自待在这个陌生的星球上而悲伤。

他竟然为了欧曼怪感到悲伤。

他抑制住这种悲伤的情绪。他得回家了。他受了伤,天也越来越冷,何况他还把外套扔在了六年级的走廊里。他并不打算去拿回来。

他穿过停车场,回到法院街,然后一直往北,出了镇子。他小跑着,好让自己能暖和一些。后来他的膝盖疼得实在太厉害,他不得不停下来揉一揉。然后,他继续走,跟着又慢跑,直到膝盖疼得再也跑不下去了才再次停下来。他就这样沿着海岸线走走跑跑停停,还时不时地回头看看欧曼怪有没有追上来,直到他终于走过朝圣之路公寓的广告牌,踏上轨枕台阶,回到家门口。

家里没有一丝光亮。

进屋后,他发现壁炉里也没有生火。

“爸爸!”汤米喊道,“爸爸!帕蒂!我回来了!”

“爸爸?”

他过了几秒钟才意识到,家里只有他自己。

17

勇敢者伊尔嘉

听到爱瑟人的攻城声，小威格林的内心充满喜悦。伊尔嘉也露出了开心的笑容。他们斗志昂扬地登上通往维洛锻造炉的塔楼楼梯。原本希望渺茫的事情，此时已出现了无限生机。

蒙杜斯王在紧闭的塔楼门前弯下腰。“沉寂”在他体内不断膨胀，爆发出极为可怕的力量，将塔楼门震成了碎片。而与此同时，不再沉默的爱瑟人拼尽全力，终于徒手推开了雷塞德城堡的大门。他们如潮水般涌入外庭、冲进大厅，与欧曼怪展开了殊死搏斗。蒙杜斯王无暇顾及身后战况，他大喝一声，和残酷的赛斐一起冲上楼梯，往塔楼最高处的房间赶去。锻造炉中的火光照亮了整座塔楼。

小威格林听到了他们的脚步声。“别害怕。”他对伊尔嘉说，“是时候展现你坚定的心和顽强的意志了。你将为爱瑟人创造新的传说，它将与维洛人的传说一起被永世铭记。如果有人能把维洛艺术带回这个星球，那这个人一定是你。”

尽管心中还有一点点害怕,但伊尔嘉努力挺直了身板。

小威格林把手放在伊尔嘉的肩膀上:“将维洛艺术带回来,是为了拯救这个星球。如果有人要用它来作恶,那么不管是在这个星球,还是在其他星球,你都要亲手将它毁灭,即使这意味着你将无法再回到这里,终生都要漂泊异乡。”

“我会把它带回来的。”伊尔嘉说,“我会亲手把它交到你的手上。”

蒙杜斯王和残酷的赛斐的脚步声更近了,能够阻挡他们的唯一一扇门在布莱瑟拉夫长老被杀害的那天就已被砸得粉碎。

小威格林说道:“维洛人屹立在双日之下的时代已经结束了,就让爱瑟人来亲手创造新的时代吧。而这个爱瑟人就是你,勇敢者伊尔嘉,有着强大心灵的少年伊尔嘉。当你把维洛艺术带回来之后,把它戴在你的脖颈之上,让它贴着你的胸膛,这样,维洛人就会被世人铭记,既记得他们犯下的严重错误,也记得他们过往的美好。”

然后,小威格林亲吻了伊尔嘉的额头。伊尔嘉闭上了眼睛。在锻造炉燃烧的火光中,小威格林歌唱起来,这是他心中的最后一首歌曲。伴随着小威格林的歌声,伊尔嘉以思想的速度从塔楼最高处的房间里消失了。

小威格林从塔楼最高的露台向外望去，双日在空中缓缓转动着,为大地洒下温暖的光芒。下方传来的厮杀声渐弱,他仰起脸,将沐浴阳光的感觉铭记在心。随后,他抽出奥鲁剑,转身迎战。

伊尔嘉感觉自己被某种力量轻柔地带出雷塞德塔楼。当他睁开双眼时，他已飞出那颗蓝色的星球，向双日的方向飞去。他先是感觉到了海纳芙散发出的热量，然后是恒吉斯特的。他还没来得及闭上眼以躲避双日耀眼的光芒，它们就已被他远远地抛在了身后。周遭的空气一下子凉爽下来，他抬眼望去，只见浩瀚的宇宙中繁星密布，其数量之多，远超他的想象。

伊尔嘉伸出手，摸了摸被小威格林亲吻过的额头。这是来自最后一个维洛人的亲吻。他满心喜悦地朝着维洛艺术所在的方向飞去，飞过无数行星和恒星——他曾经观察过它们环状的轨迹。它们很快就被他甩在了身后，融入他之前经过的那片明亮的星群当中。接着，他看到一些陌生的恒星和星座。他飞出这个星系，飞过长长的、黑暗的空中“走廊”，飞进下一个星系。然后再下一个。他飞行的速度越来越快，越来越快，快到他根本来不及去数他究竟飞过了多少个星球。

终于，他来到了位于一个小型星系边缘的一颗小恒星，然后顺着它又来到了围绕这颗小恒星旋转的一颗小行星的上方。他飞过那颗小行星的卫星，进入行星蓝色的苍穹之中。他感觉自己飞得越来越慢，越来越慢。穿过高高飘浮着的白云以及它们投下的阴影后，他再次来到了阳光下，并开始向下坠落。

他下落的速度越来越慢，越来越慢，直到他摇摇晃晃地降落在一片蔚蓝大海边的白色沙滩上。这里的海竟然和爱瑟星球上的海一样蓝，真是太不可思议了。他抬头望去，天空中只有孤零零的一个太阳，正努力用自己的光芒照亮整个星球。而他耳边传来的海浪声，他脚踩沙滩时的感觉，都与在爱瑟星球时一模一样。只是这里实在太冷了。

最后一个维洛人的亲吻还留在他的额头上。

一阵刺骨的寒风从海上吹来，伊尔嘉颤抖着用双臂环抱住自己。在他旁边的一块沙地上插满了黄色的小三角旗，旗子的旁边有一栋小房子。

他皱起鼻子闻了闻，闻到了欧曼怪的法赫气味。

伊尔嘉拔出父亲的奥鲁剑，环视着整片海滩。然后，他看了看身后，又看了看水中。什么都没有。他的心情很糟糕，欧曼怪已经在他之前找到了这里，自己或许不能将维洛艺术带回了。

他又开始发抖。这个星球真的太冷了！

伊尔嘉从那些黄色三角旗中间穿过，登上宽宽的台阶，来到那栋房子门前。他推开门，里面寂静无声。他走了进去，随后，就看到了那面淡黄色的墙壁。他认出那是用维洛艺术创作出的作品。他刚要伸手去摸，就听到身后有声音传来。他忙转过身。

骗子欧斯利那蒙着阴影的双眼正好撞进他的视野。

伊尔嘉举起了奥鲁剑。

18

欧曼怪

汤米坐在沙发上,看着警察一个接一个地离开。古德斯警官问他是否需要有人守在外面。汤米摇了摇头。

“需要我打电话通知谁吗?”古德斯警官问。

“不用了。”汤米说。

古德斯警官说他明早再来，他们一定会找到佩珀父女俩的,他们已经在普利茅斯镇政府附近找到了佩珀先生的车。古德斯警官向他保证,一切都会好起来的。

汤米说他要上楼睡觉了,古德斯警官便离开了。

汤米觉得很饿,这辈子从来没这么饿过。于是他走进厨房,炒了五个鸡蛋,盛到盘子里端出来。接着,他坐到沙发上,看着那盘鸡蛋,直到它变冷都没有吃一口。最后,他把盘子放在了地板上。

他爬上阁楼,打开窗户,使劲探出身去。他把海滩前前后后地看了一遍。万一呢……

然后，他爬上床，用毯子紧紧裹住身体，放声大哭起来。他觉得痛苦极了。

他哭了好久。*斯恩*[①]*，吉赛儿，汀格雷度，拿恩克，格雷得，纳恩*[②]。好像悲伤永远永远都不会离去，同吉赛儿的悲伤一样，会永远留在他的心里。

汤米突然坐了起来。他好像真的能听到吉赛儿的声音，呼喊声从海浪那边传来，像天上的一个太阳那样孤独。

他把毯子裹得更紧了。

又来了。吉赛儿的呼喊声再次响起。

他松开毯子，奔到窗边打开窗户。月亮躲到了云层后面，海上波涛起伏。幽暗的海浪击打着海岸，甚至冲到了斯瑞格斯冰墙上。万物静止，除了海水、黄旗，以及……

汤米冲下楼梯，打开前门，一股腐烂海藻的法赫臭味儿立刻劈头盖脸地扑过来。他用手捂住口鼻，冲下轨枕台阶，穿过黄旗，来到海边。这会儿，月亮从云层下方露了出来，透过冰墙，汤米看到沙滩上留下了这样一行字：

汤米，把我们要的东西交出来。

---

①“以后”的意思。

②“再也不会有幸福快乐了”的意思。

在这行字旁边还放着一样东西，大半都埋在沙子里，露出的部分还缠着腐烂的海藻。是帕蒂的粉色书包。

汤米眯起眼睛，眼神变得坚定而冷酷。

如同老威格林站在索尔格荒原的布劳谷姆墙之下时的眼神。

他望着大海，脱掉了上衣。寒风拍打在他的身上，可他根本感觉不到。银绿色的项链发出耀眼的光芒，照亮他面前的海浪，照亮他的胸膛，甚至他的心脏都像被那道光穿透了一样。

他跑到冰墙另一侧，捡起帕蒂的书包，然后转身跑回家。

他把书包丢到帕蒂的床上。等她回家后，她会想要这个书包的。

然后，他去了地窖，项链的光芒在黑暗中更加耀眼。他在地窖门旁边的园艺工具里翻找了半天，终于找到了他需要的东西：一把锄头和一把剪刀。他把这两样工具摞在一起，然后摘下项链，缠绕住它们。

“*斐尔*[①]*，奥鲁。*”他低声说道。随后，那条项链变得越来越亮，越来越亮……汤米不得不闭上了眼睛。

第二天早上，天很冷，警察在第一缕日光初现时就来了。他们在汤米家进进出出，电话铃声此起彼伏，响个不停。汤米坐在沙发上，呆呆地望着窗外不住飘动的黄旗。家里挤满了警察，他们又是要照

①“制造或创造”的意思。

片，又是问问题，其间还轰走了两个闻讯而来的记者。他们问他家是不是和谁结过仇，问他最后一次见到帕蒂是什么时候，问帕蒂有多久没说过话了，问他在附近是否见过可疑的人，问他父亲之前是否有过不告而别的行为，他们还提出要把帕蒂的书包带走，好提取上面的指纹。

“不。”汤米说。

“这是例行公事。”警察说。

“去找朝圣之路先生。”汤米告诉他们。

“谁？”他们问。

“朝圣之路先生。你们问茨威格先生就知道了。”

他们在汤米家的厨房给威廉·布拉福德小学打电话：“茨威格先生，您认识一位姓‘朝圣之路’的先生吗？

“谁？”茨威格先生这样回道。

汤米从窗口看出去，警察正在给沙滩上留下的那一行字拍照。然后，没过多久，一波海浪就涌了过来，把那些字冲掉了。

就在这时，古德斯警官开着巡逻车来了。他跟站在海边的警察说了几句话，他们摇了摇头，开始收拾设备。接着，古德斯警官又跟沙丘上的警察说了几句话，他们也纷纷摇着头，朝他们的巡逻车走去。古德斯警官随后来到他家门前，把屋内的警察都叫出去，跟他们说了几句话，他们也都朝自己的巡逻车走了过去，看上去好像还有些气哼哼的。

跟着，古德斯警官走进客厅。

“听着，”他对汤米说，“你的恶作剧浪费了很多人的时间。”

“恶作剧？我爸爸和妹妹失踪了！”

“我和朝圣之路先生谈过了，他把一切都解释得很清楚。你真该为自己的行为感到羞愧。”

“他解释了什么？”

“他说，只要你把属于他的东西还给他，他就不会追究。”

“他是这么和你说的?！”

“你遇上大麻烦了，汤米，别再耍小聪明了！别管你拿了朝圣之路先生的什么东西，现在把它交给我，我们就当什么事都没发生。要不是因为我和你爸爸是那么多年的朋友……要是换作别人……”

汤米站起来，望向窗外。警察已经不剩几个了。

他走到壁橱前，把兰普金太太送回来的那幅画拿了出来。“给。”他把它递给了古德斯警官。

“就是这个吗？”

“就是这个。”

古德斯警官把包在外面的纸拿下来。

“他要的是兰普金太太的肖像画？”

“是的。”汤米说。

古德斯警官把画重新包好，指了指汤米。“别再惹事了！”他说，“下次我可不会就这么放过你了。”

“好的。”汤米说。

等古德斯警官钻进了巡逻车，汤米立刻蹲下来，从沙发底下掏出了奥鲁剑，把它放在手里掂量了一下。

警察都走了。

他需要人来帮他。

他把奥鲁剑放回沙发底下，然后出门上学去了。

因此，当一团光亮从天而降，降落在海边的高水位线上的时候，汤米并不在家。

规划委员会会议后的转天上午，朝圣之路先生没来巴勒斯先生的班上上课。汤米也迟到了，一方面是由于他没赶上校车，而另一个原因是有人在六年级走廊的门框上钉了一块胶合板，所以他不得不又绕回一年级那边。

麦莱蒂夫人坐在教室里，她又重申了一遍自己拿工资不是来干这个的。然后，她建议大家安安静静地坐在座位上看书，直到校长找到合适的代课老师过来上课。她说，他们可以去班级图书角那里挑选自己喜欢的书，而且务必记住，看书是一项需要闭着嘴巴进行的课堂活动。

“朝圣之路先生去哪儿了？”爱丽丝问。

“巴勒斯先生呢？”汤米问。

“你们没听到我说要闭着嘴巴吗？”麦莱蒂夫人说。

十点钟的时候，还是没有代课老师出现。茨威格先生走进教室，拜托麦莱蒂夫人再在班里多照看一会儿。

麦莱蒂夫人再次提醒他和全班同学，她拿工资可不是来干这个的。随后，她要求同学们写一篇读书笔记，他们要先写出一件发生在自己身边的事，然后阐述一下现在看的书是否让他们对这件事产生了新的认识，以及是否能把这种认识应用到实际生活中去。他们可以轮流使用电脑，没轮到的同学先用铅笔或钢笔打草稿。她提醒大家，写作也是一项需要闭着嘴巴进行的课堂活动。

爱丽丝举起手。

“什么事？”麦莱蒂夫人问。

“巴勒斯先生才不会搞什么闭着嘴巴进行的课堂活动。”她说。

汤米看了看爱丽丝，脸上露出了微笑。或许一切都能够恢复正常。

麦莱蒂夫人抱起一沓白纸。“谁？”她问道。

“巴勒斯先生。”帕特里克说。

麦莱蒂夫人把纸放回讲桌上。

“你说谁？”她又问了一遍。

“巴勒斯先生。”詹姆斯一脸惊讶地看着她说，“我们的老师！巴勒斯先生是我们的老师！”

“没错。”汤米说。

“巴勒斯先生。”爱丽丝重复着这个名字。她说得很慢，像是要把它牢牢地记在心里。

汤米站起来,走到布告栏前。他撕掉那些幻想出来的星球图画,用一支黑色马克笔快速地勾勒出了巴勒斯先生的面部轮廓。“想起来了吗?”汤米问道。接着,他用左手推了一下那幅画,巴勒斯先生的脸便转向另一侧,脸上还露出了笑容。“想起来了吗?”他又问了一遍。

“巴勒斯先生到底去哪儿了?”帕特里克说。

麦莱蒂夫人走到汤米跟前:“你怎么能在班级布告栏上涂涂画画?!”她摘下眼镜,揉了揉眼睛,仔细地看了看那幅画。“看起来像是巴勒斯先生。”她说着,把眼镜戴了回去,扭头问汤米,“你用的不是擦不掉的马克笔吧?”

到了中午,麦莱蒂夫人告诉大家,除了当代课老师,她还有自己的本职工作要做,而且据她所知,并没有人会替她完成那些工作,她不得不反复往返于校长办公室和六年级教室之间。所以,她希望当她不在教室的时候,大家能够好好表现。如果书看完了,可以继续写读书笔记,如果没看完,就继续专心看书。这两样课堂活动依然要闭着嘴巴进行。她几分钟后就回来。

麦莱蒂夫人离开了教室。等到她的脚步声远到几乎听不见了,詹姆斯才放下书,扭过头对汤米说:“巴勒斯先生出什么事了?”

“很高兴你还记得巴勒斯先生。”汤米说。

“我怎么会不记得巴勒斯先生？他真的失踪了吗？”

“这个问题问得好，因为失踪的不止他一个。”

他说了爸爸和帕蒂的事。汤米很努力地控制自己，才没有像个一年级的小孩儿那样在朋友们面前号啕大哭。

“这么看来，巴勒斯先生是第一个失踪的。”爱丽丝说，“所以只要我们能找到巴勒斯先生的下落，那或许就能找到帕蒂和你父亲。”

“谢谢你，爱丽丝·温斯洛警探。”帕特里克说，“你想让我现在把警犬牵过来，还是放学后再说？”

“你知道吗，帕特里克？有时候你简直……”

“我知道。简直是个麦格理尔。”汤米说，“听着，我觉得我们需要先把自己武装起来。”

大家一开始都没明白这句话是什么意思。

“把自己武装起来？”爱丽丝问。

“把自己武装起来？”詹姆斯问。

汤米点点头。“把自己武装起来。”他又重复了一遍。

“哦，天哪！”爱丽丝说。

气氛好像一下子变得凝重了。

“怎么武装呀？”帕特里克问。

汤米站起身：“我们这就出发。”

“麦莱蒂夫人回来后要是发现我们不在，一定不会放过我们的。”爱丽丝说。

汤米想了一会儿。随后，他走到了谢丽尔的课桌前。“谢丽尔。”他开口叫她。

谢丽尔抬起头。

“我们得离开这儿。你能掩护我们吗？”

“什么？”

“我需要你掩护我们，就说我们都去厕所了。”

“我才不会掩护你，你这个白痴！”谢丽尔说。

“不只掩护我，还有爱丽丝、詹姆斯和帕特里克。”

“你是在开玩笑吗？你们四个人。四个人全都去厕所了。你就让我这么告诉麦莱蒂夫人？”

“不止这个。”汤米说。

汤米四下看了看，然后走到帕特里克的课桌旁，提起帕特里克放在脚边的手风琴琴盒。

“喂！”帕特里克不知道他要干什么。

他把琴盒拖到谢丽尔面前，然后从上衣里将项链掏了出来。接着，他一把抓过谢丽尔的手。

“你到底要干……”

他把项链贴在她的掌心上按了一下。

有那么几秒钟，项链散发出夺目的光芒。但汤米很快就把它塞回了上衣里。

谢丽尔低头看着手风琴琴盒。

帕特里克面色慌张地站了起来。

“帕特里克，没事的。”汤米说。

谢丽尔打开琴盒，把手风琴提了出来。

“我觉得，如果是我的话，我会弹奏一首类似苏格兰民歌的曲子。”汤米说。

谢丽尔拉开了手风琴的风箱。

“我们走吧。”汤米说。他们四个一起跑出了教室，帕特里克出门前还不舍地回头看了一眼。他们跑过六年级的走廊，再穿过一年级的走廊，来到了楼外。

麦莱蒂夫人后来说，那是她小时候常听的一首曲子，她没想到谢丽尔竟然会弹。谢丽尔自己也没想到。

没听多久，麦莱蒂夫人就开心地哭了起来。

她甚至没发现有人离开了。

大多数日子里，汤米从学校走回家需要三十二分钟。要是跑步，只在中间停下来歇口气，需要二十四分钟，而从家到学校则只需要二十三分钟，因为多半都是下坡路。

这一次，他们只用了二十二分钟。谁能想到爱丽丝跑得这么快！

汤米在路上向他们解释了“把自己武装起来”的意思。他说，他为自己造了一把奥鲁剑，或许可以为詹姆斯也造一把奥鲁剑，为爱丽丝造一把哈林剑,为帕特里克造一根林内鞭。

“为什么不给我造奥鲁剑?”帕特里克问,“对了,奥鲁剑是什么?我们又要用这些东西来做什么?”

汤米说,他也不知道他们具体要做什么,他只知道他们一定要等到朝圣之路先生出现,并务必提前做好准备。“而且,不管做什么,”他说,“*艾特斯,斯锐夫特!*”

他们点点头。

“没问题。”詹姆斯说。

结果,汤米只说对了一点:他们不知道他们具体要做什么。但第二点他却说错了。

他们根本不用等。

前方有熟悉的声音传来——或者说,是汤米感觉自己很熟悉的声音:两把奥鲁剑撞击在一起的声音。

汤米跑到房子后面,在那里,他看到朝圣之路先生和一个赤裸上身的男孩正在用奥鲁剑决斗。那男孩看起来和他年纪相仿,或者比他大一两岁吧,但身高、体形都跟他相差无几,包括……反正各方面都和他很接近就对了。

两把奥鲁剑在朝圣之路先生和那个男孩之间上下翻飞,速度快得超出了汤米的想象。汤米在惊叹之余,对那个男孩能够如此熟练地使用奥鲁剑都有些嫉妒了。

“汤米!”爱丽丝喊道,“我们得报警!”

但汤米转身跑进了房子，等他出来的时候，他也赤裸着上身，手里还拿着他那把奥鲁剑。

“汤米?！”爱丽丝简直不敢相信自己的眼睛。

此时，朝圣之路先生已将那个男孩逼下了沙丘。他挥动奥鲁剑的动作比男孩更加迅猛和有力，在这样的进攻下，男孩落入下风，节节败退，直至摔倒在了沙地上。眼看他就要被朝圣之路先生刺中，汤米连忙大吼了一声，朝圣之路先生闻声抬起头来，汤米举起奥鲁剑便向他冲了过去。朝圣之路先生不得不先向旁边闪避，那个男孩这才得以逃开，没有死在朝圣之路先生的剑下。

朝圣之路先生冷冷一笑。

“*加米那，瓦尔德斯*[①]*！*”男孩大声喊道，然后抬手指向海滩那边——在迎风飘展的一排排黄旗后面，斯瑞格斯冰墙的冰块散落了一地。

汤米跟着男孩一起朝黄旗那边跑，朝圣之路先生追了过去，离他们只有几步之遥。在冰墙前，汤米和男孩停住脚步，转过身，肩并肩地站在那里。

男孩看了看跟着追过来的詹姆斯和帕特里克，从腰间抽出格尔登，扔向他们。

“我觉得他是扔给你的。”帕特里克说。

---

①勇敢的人或勇敢的战士。

“离你更近。”詹姆斯说。

“我可不脱上衣。我都快冻死了。”

“哦,天哪!”爱丽丝说。

朝圣之路先生没理他们,又冲汤米和那个男孩冷笑了一声。

“两个乳臭未干的小子竟然妄图打败一个十二圣座上的议员?”他说,“而且其中一个连爱瑟人都不是?!”

汤米觉得他们这会儿应该说些高贵的、彰显英雄气概的话,但那个男孩只是将奥鲁剑举在胸前,一言未发。汤米于是闭紧了嘴巴,也把奥鲁剑举了起来。

他不太确定自己拿得对不对,也许他拿倒了。

朝圣之路先生往前迈了一步。

接着,他朝他们冲了过来。

汤米确定了。他就是拿倒了。

要是没有那个男孩,汤米肯定立刻就被打倒了,因为朝圣之路先生的攻势简直太猛烈了。他很想加入战斗,可实际上,他能做的也就是在朝圣之路先生身后兜圈子,假装自己能构成威胁,反正,至少能让朝圣之路先生稍微分分神。这一招儿或许真的管用,因为朝圣之路先生不得不经常回过头来看看汤米在哪儿,尽管他每次回头的时间都非常短暂,却也给了那个男孩片刻喘息的机会。

“喂,詹姆斯!”汤米叫道,“我这边需要一些帮助!”

“这个东西要怎么拿?”詹姆斯说。

“那是格尔登！”汤米大声喊道。

“哇，谢啦！”帕特里克说，“你说得可真是太明白了。”

还未等他话音落地，三把奥鲁剑的剑刃于半空中撞击在了一起，溅出一大片火花。帕特里克、詹姆斯和爱丽丝几乎同时尖叫起来。僵持之下，朝圣之路先生用空着的那只手一拳打在男孩脸上，男孩向后仰去，头晕目眩地摔倒在了沙滩上。随后，朝圣之路先生转身面对汤米。

他从背后抽出他自己的格尔登。

“快看！看他是怎么拿的！”爱丽丝冲詹姆斯和帕特里克喊道。

朝圣之路先生又笑了。

“你的奥鲁剑拿倒了。”他说。

汤米连忙把奥鲁剑掉转过来。

“把魔链交出来吧。”

汤米看向朝圣之路先生身后。那个男孩一边冲他摇头，一边努力地想要站起来。

“他帮不了你的。把魔链给我。”

“帕蒂在哪儿？”汤米问，“我爸爸在哪儿？”

朝圣之路先生摇摇头，向前迈了一步：“先交出魔链。”

汤米从上衣里掏出维洛艺术之链，展示给朝圣之路先生，即维洛叛徒骗子欧斯利看。那个男孩，即爱瑟人伊尔嘉见状，大声说骗子欧斯利是个背信弃义的人，他会用维洛艺术去征服爱瑟星球。

“我不会给你的。”汤米说。

骗子欧斯利扑向汤米。汤米的同伴都冲了过来，但他们全都被奥鲁剑掀翻在地。骗子欧斯利眼看就要刺中汤米……

曾几何时，在索尔格荒原的布劳谷姆墙之下，老威格林是这样战斗的：他丢掉盔甲和其他武器，仅持一把格尔登冲向了敌人，没错，只有一把格尔登！他像飞鸟一样敏捷地穿梭在敌人中间，没人能刺到他，也没人能伤害他。那把格尔登在他手中攻防自如，快如闪电，让敌人觉得眼前仿佛有无数把格尔登在挥动。此刻，汤米终于开始如老威格林那样进攻了，这正是这场较量最为需要的！

汤米欣喜地挥舞着他的奥鲁剑，骗子欧斯利不断后退，再后退，直到双脚踩进了海水里。

骗子欧斯利大声呼唤欧曼怪。

欧曼怪出现了。

它走到汤米面前，一把夺下汤米手中的奥鲁剑，扔到远处的海里，扔到再也没有人能找到的地方。然后，它抓住汤米的肩膀，将他狠狠地压倒在地。骗子欧斯利把亮晃晃的奥鲁剑举到汤米的脸旁，同他说现在没人能救得了他，还嘲笑他的不自量力，竟然敢挑战十二圣座上的议员。

汤米觉得，这或许是他这辈子最后一次看落日了。

“*拜加姆，巴鲁特*。”汤米说道，“*苏，拜加姆，巴鲁特*。”

朝圣之路先生微微一笑。他把奥鲁剑拿开，放在沙滩上，然后看了看爱丽丝，又看了看帕特里克、詹姆斯和那个年轻的爱瑟人，最后看向汤米。

“这种抵抗毫无意义。”他说，“你早晚会把魔链交给我，因为你别无选择。你妹妹和父亲现在只是睡着了，再过一天，等待他们的可就不只是睡一觉而已，而是死亡。”

“你说的我一个字都不相信！”

“那你就要承受不相信所带来的后果。”他往身后看了看，太阳刚刚落下海平线，黑夜很快就会降临，“别再做无谓的挣扎了。等我回来时，你会心甘情愿地把魔链交给我的。”他指着那个男孩：“记住，他想要维洛艺术，有他自己的目的，可那不是你的目的。”

汤米摇摇头：“骗子。”

朝圣之路先生又笑了：“既然你这么不相信我，那就让我来表示一下我的诚意吧。”说完，他看向欧曼怪，片刻之后，他的奥鲁剑突然打着转飞了出去，直接穿透了欧曼怪的胸膛。欧曼怪倒在了沙滩上，躺在那里一动不动。朝圣之路先生转身面对汤米。“维洛艺术赋予了它生命，也能将它的生命夺走。”他说着，用手一指，“那是你在它脸上留下的印记。现在，用魔链擦去印记，那个笨蛋就会重新化为沙子了。这就是我的诚意。”说完，他后退了几步。

汤米慢慢站了起来。他看了看朝圣之路先生，然后向躺在地上的欧曼怪看去。他走到它旁边，抓住胸前的项链，在几近浓郁的暮色中，注视着那个可以擦去的标记。在这期间，欧曼怪始终一动不动。

“你叫什么名字？”汤米轻声问道。

“欧曼怪没有名字。”朝圣之路先生说。

汤米看着朝圣之路先生：“它们曾经有。”说完，他将目光移回欧曼怪身上，再次问道：“你叫什么名字？”

“汤米·佩珀，”朝圣之路先生说，“你在跟一团沙子讲话。”

可汤米知道，这是一个荒谬的谎言。

他往后退了几步，松开项链，又一次摇了摇头。“我不能。”他说，他看着朝圣之路先生，“我和你不一样。”

朝圣之路先生爆发出一阵刺耳的笑声。他朝欧曼怪做了个手势，欧曼怪缓慢地站了起来，残缺的右臂令它的动作看上去十分笨拙。

“一天，汤米·佩珀，我只给你一天时间。然后，交出魔链。”

朝圣之路先生又朝欧曼怪做了个手势，欧曼怪转身朝大海走去。汤米看着它走过散落一地的斯瑞格斯冰块，走进翻涌的波涛之中。天色昏暗，汤米不确定自己是否看得真切，但他觉得欧曼怪在沉入水中之前，好像短暂地转过头来，望了他一“眼”，然后才消失不见了。

朝圣之路先生沿着海滩朝普利茅斯镇的方向走去，背影渐渐隐于浓如黑墨的夜色中。

“我还是觉得这东西我没拿对。”詹姆斯说。

汤米看了看他：“确实不对。”

尽管没有双眼，尽管它看不见，欧曼怪刚才却还是把脸转向了他，就好像……它要同他说些什么。

他们把男孩搀扶起来，一起回到汤米家里。汤米给他拿了一件自己的运动衫，他穿着刚好合身。随后，汤米走进厨房，和詹姆斯一起做了花生酱三明治。男孩从来没见过这种食物，不过他已经饿坏了，也就顾不上那么多了。帕特里克在壁炉里生了火，把客厅里弄得全都是烟，但过了一会儿，屋子里就变得暖和干爽起来。男孩完全听不懂爱丽丝、詹姆斯和帕特里克说的话，而他们也不知道他究竟在说什么，好在汤米会时不时地返回客厅，顺便帮他们翻译。汤米一直在房子里走来走去，一会儿去厨房端花生酱三明治，一会儿又去地下室拿引火用的树枝，简直忙个不停。每当他经过淡黄色的过道时，墙壁上的妈妈都会随着他的身影一起走动。

等汤米终于坐下来，帕特里克便指着那个男孩问道："他是谁呀？"

男孩摸了摸自己的脸，说："伊尔嘉。"他停顿了一会儿，又补充道："爱瑟人，伊尔嘉。"

屋子里半天没有人说话。

"他不是我们这个星球上的人。"汤米开口道。

大家再次陷入长时间的沉默。

"别开玩笑了好不好！"詹姆斯打破了沉默。

随后，爱丽丝说：“把一切都告诉我们吧。”

汤米照她说的做了。等他说完，爱丽丝、詹姆斯和帕特里克都立刻给家里打了电话，告诉爸妈他们今晚要在佩珀家过夜——还好今天是周五。之后，他们五个人围坐在一起，伴着一把奥鲁剑和一把格尔登，准备彻夜守卫这栋海边小屋。

汤米和爱丽丝又做了几个花生酱三明治，还找来了足够的睡袋、毯子和枕头。与此同时，伊尔嘉在教詹姆斯和帕特里克如何使用格尔登。伊尔嘉还是觉得冷，所以他们一直都围坐在炉火边。“*杜尔*[①]*，维尔德。*”伊尔嘉一边说，一边紧紧抱拢双臂。汤米将自己的毛毯给了伊尔嘉，他马上把它披到身上。随后，汤米拿来更多的木柴，他们把炉火又烧旺了些。

窗外漆黑一片，他们一边守着炉火，一边放哨。但是，那场与维洛叛徒的大战早已让他们筋疲力尽，他们没有一个人撑到半夜，一个接一个地沉沉睡去了。

只有汤米除外。

汤米掀开毯子站了起来。他四下看了看，大家都睡得很熟。他往火上扔了两块木柴，然后走到窗边，望向窗外那黑沉沉的夜色、黑沉沉的大海，以及黑沉沉的云。乌云那么厚，厚得他根本看不到躲在后面的月亮，也看不到一颗星星。

---

①“冷”的意思。

帕蒂。爸爸。

还有妈妈。

他回头看了一眼那个来自另一个星球的男孩。如果他把项链交给朝圣之路先生……

他就可以救回帕蒂和爸爸。

汤米摘下项链，把它缠在手上。

他受够了。

真的受够了。

“对不起。”他轻声对伊尔嘉说。

“我要去救帕蒂和爸爸。”

他把项链紧紧攥在手里，贴在胸前靠近心脏的位置。随后，他小心翼翼地打开前门，走出去，再悄悄地回身把门关好。在寒冷的黑暗中，汤米坐在台阶上，举起手中的项链，等待着。

他哼唱起吉赛儿的歌曲，尽管他并没意识到自己在唱。或许他唱的还是那首巴赫的曲子。

不管是哪一首，他都没有唱多久。

虽然他并没看到欧曼怪从水里走出来，但汤米知道，它来了，它就在海岸边。白色的浪头在欧曼怪身后高高掀起，映出了它的轮廓，像在白色中劈开了一道裂缝。

汤米穿过黄旗，走到海滩上。他觉得自己好像哭了。他离欧曼怪还有一段距离，即使身处黑暗之中，他也能清楚地看到它。汤米伸出手,维洛艺术之链就躺在他的掌心里,冷冰冰的。

他等着欧曼怪过来拿走项链。

可它没有。

汤米等着。

欧曼怪没有动。

它一直没动。

汤米能闻到空气中的那股欧曼怪的法赫气味。

“拿去。”他说,“你想要,那就拿去。”他又往前伸了伸手。

欧曼怪还是没有动。

“拿去!”汤米喊了出来。他握住维洛艺术之链,这条魔链曾以超越思想的速度,到过令人无法想象的宇宙空间。他使尽浑身力气把它扔向欧曼怪那边,扔到它脚下那潮湿的深色沙滩上。

欧曼怪依旧不动。

“拿走!”汤米尖叫道,“把它拿走!快点拿走!”

欧曼怪慢慢地俯下身,伸出长长的左臂,将魔链慢慢地从沙地上拾起来,再慢慢地直起身。

接着,它伸出手,像是要把魔链递给汤米。它的另一只缺失了右手的手臂也向汤米的方向伸去。

大海平静了下来。风停了。月亮撕开云层,将一道银色的月光投向汤米和欧曼怪。汤米双手环抱住自己,浑身颤抖不止。而欧曼怪就站在那里,双臂前伸,要将维洛艺术之链还给他。

汤米听到身后传来了开门声。他知道是那个男孩，爱瑟人伊尔嘉出来了。

他不想让伊尔嘉看到，可他实在忍不住了。汤米真的哭了。

欧曼怪拖着长长的腿，走进插满黄旗的沙地。随着它越走越近，月亮露出来的部分也越来越多。它的两只手臂依旧向前伸着，掌心里的魔链闪着晶莹的光芒。汤米一直在哭，眼泪怎么止都止不住。伴随着越来越浓重的海藻气味，欧曼怪终于走到了他面前。

它把捧着魔链的那只手向前伸了伸。

“你想干什么？”汤米说。

欧曼怪又将那只残缺的右臂也向前伸了伸。

“我不是有意……”

汤米感觉到伊尔嘉来到了他身边。“它认识你。”伊尔嘉低声说。

那只残缺的右臂碰触到了汤米的胸膛。

像寒冰一样冷。

而且，非常孤独。

“你现在是维洛人了。”伊尔嘉说着，向他低下头。

汤米伸出手，接过魔链，把它重新戴上。魔链在贴到他胸膛的那一瞬间起就开始发烫。

汤米觉得自己仿佛正置身于梦境。他握住欧曼怪那只完好无缺的左手，望着它那张没有眼睛的脸，说道：“我们得找个沙子更湿一些的地方。”

汤米拉着欧曼怪的手，和它一起从黄旗间走过，走到离海更近的沙滩上。伊尔嘉跟在他们的身后。到了那里，欧曼怪躺了下来，伸出它那只残缺的手臂。汤米用湿润的沙子在手臂下方塑出手掌的形状，然后是手指、手腕，再用一些沙子将缺损的地方补好。在此期间，海水一直在涨潮，欧曼怪始终一动不动地躺着，如同一块没有生命的礁石。

等他把那只手塑好以后，海水已经离他们非常近了。汤米抓起一把沙子，迅速地在欧曼怪的脸上塑出两只眼睛、一个鼻子和两只耳朵。而他用维洛艺术在欧曼怪前额上留下的印记依然清晰如昨。

欧曼怪还是一动不动地躺在原地。

一个浪头打来，汤米赶紧退后几步。海水冲刷着欧曼怪的身体，汤米完全想象得出那黑漆漆的海水会有多么冰冷刺骨。下一个浪头稍微小了一些，不过紧接着又是一个大浪，狠狠地拍打在欧曼怪身上，可它依然躺在沙滩上，一动不动。

海潮一波接一波地向岸上涌来，逐渐没过了欧曼怪。汤米又向后退了几步。当下一波潮水退去后，欧曼怪随着潮水一起消失了。此时，月亮已经彻底挣脱乌云的束缚，将明亮的月光完完全全地洒在海滩上，可是汤米却再也看不见欧曼怪了。

它离开了。

汤米和伊尔嘉回到房子里，将严寒关在门外。然后，他们一头栽倒在过道中，沉沉地睡着了。

19

小威格林的最后一战

即使很多很多个冬天过去，高尚的小威格林与蒙杜斯王之间的那场激烈对决也不会被遗忘。它将被人们铭记在心、世代传颂，以此来纪念那个星球上的最后一个维洛人。

维洛锻造炉所在房间的门终于被攻破了。蒙杜斯王和残酷的赛斐抽出奥鲁剑，向高尚的小威格林杀了过去，而小威格林却微笑着，送上他的嘲讽。“那个男孩已经离开这个星球。”小威格林说，“不会再有人能这样做了。”说着，他挥动奥鲁剑，一剑劈在锻造炉上，炉中的白色热气立刻充满了整个房间。接着，他又用力一击，锻造炉终于轰然倒地，成为一堆废铁。

残酷的赛斐大喝着冲向小威格林，将手中的奥鲁剑用力刺入了小威格林的肩膀。但他的胜利并未维持多久。小威格林拔出肩膀上的奥鲁剑，反手一剑刺穿了这位议员的胸膛，于是，残酷的赛斐一头栽倒在维洛锻造炉的残骸之上，不再动弹。

现在,除去不在这个星球上的骗子欧斯利之外,蒙杜斯王成了十二圣座上的最后一位统治者。他大吼一声,向小威格林发起进攻,无耻地袭击对方受伤的肩膀。他的脸色阴沉中透着狠戾,手中的奥鲁剑一次又一次地砍向小威格林。相比之下,小威格林则是一脸的坦然无畏,尽管他的伤口疼痛难当,尽管胜利的希望十分渺茫,但他仍然奋勇抵挡着蒙杜斯王的攻击,决不轻易放弃。

他们在雷塞德城堡的塔楼房间里展开了一场殊死搏斗,从早上战到中午,再战到下午,一直战到第一次日落来临。双方都身受重伤,但谁都不肯让步,谁都不肯屈服。地上的锻造炉残骸已渐渐冷却,房间里变得越来越昏暗,小威格林听着窗外传来的爱瑟人英勇的呐喊声,心中坚信:尽管欧曼怪人多势众,但它们必将失败。

他的身上满是致命的伤口,但他的内心却充满欢欣与希望。

蒙杜斯王又一次击中小威格林流血不止的肩膀,小威格林疼得大叫一声,退到了塔楼露台的边缘。在下方厮杀的爱瑟人都仰起脸望着他,就连没有眼睛的欧曼怪也把头转向了他。欧曼怪知道,那是最后一个维洛人,它们手持武器,停在原地一动不动。

小威格林觉得眼前的一切都变得越来越暗淡。蒙杜斯王再次冲着残酷的赛斐留在他肩膀上的伤口重重一击,小威格林一下子倒在了露台的外沿上,上半身悬在了半空中。塔楼下方顿时变得鸦雀无声。

海纳芙的最后一抹余晖隐入了地平线之下。

就在这一瞬间，小威格林突然抬起上半身，把手伸向蒙杜斯王的膝盖后方，然后猛地一拽——

就这样，在蒙杜斯王恐惧的尖叫声中，他们两个一起从露台上跌了下去。

目睹着这可怕的一幕，塔楼之下的爱瑟人失声痛哭。小威格林的生命即将终结，就连那些欧曼怪也发出了悲伤的哀号，毕竟，它们曾将维洛人视作自己可敬的主人。

但就在此时，一团绿色的光从天而降，以超越思想的速度从这个星球之外的世界飞来。它从雷塞德城堡的塔楼外旋转着飞过，还没等人们看清是怎么回事，它就紧紧裹住了正在坠落的小威格林，将他托举起来。这团绿色的光太耀眼了，爱瑟人不得不把手举到眼前来遮挡它散发出的强烈光芒。它带着小威格林缓缓上升。就在刚刚，小威格林还以为自己的灵魂就要离开肉体，但此时此刻，他却被安然无恙地送回了塔楼最高处的房间。绿光轻柔地将他放到锻造炉残骸的旁边，轻柔到他甚至都不知道自己已经回到了地面上。

至于蒙杜斯王，可就没有人去救他了。

20

失去的和找回的

早上，汤米在爱瑟人的叫喊声中醒来。

他四下张望。

伊尔嘉不见了。

他连忙跑进客厅，大声喊着："快起来！詹姆斯！帕特里克！爱丽丝！快……唉，算了！"他抓起格尔登，冲出屋外，奔下沙丘。

但是，这一次出现的不是朝圣之路先生，也不是欧曼怪。

是兰普金太太和她的黄色马自达。

"这里到底发生了什么?!"兰普金太太大叫道。她钻出汽车，走到被踩得东倒西歪的黄旗中间。"又来一回？你又把旗子都拔出来了？"她瞪着汤米，难以置信地说。

她看上去马上就要……汤米心想……把他的脖子也拔出来了。

她气势汹汹地往沙丘上冲。汤米后来回想起当时的情景，承认她生起气来真的非常吓人。"如果你以为我会再次听之任之的话，你绝对打错算盘……”

“威特瑞龙！”伊尔嘉大吼道。

兰普金太太停下脚步，转身瞪着他：“你刚才叫我什么？”

伊尔嘉抽出奥鲁剑，冲那辆黄色马自达挥舞着。

她又转过来看着汤米：“他刚才叫我什么？”

汤米觉得，还是不要翻译给她听比较好。

“我也没听清。”他说。

她从沙丘上走下来，朝伊尔嘉走过去——她可真够勇敢的。“你知道修好马自达上的一道划痕要多少钱吗？”她说，“你最好是上了大额保险，不然就别碰这辆车！”

伊尔嘉的奥鲁剑不但碰了那辆车，而且是沿着驾驶室一侧一路划了过去，划过引擎盖，划过前散热器格栅，然后一剑捅进水箱，水箱里的水当即漏到了沙滩上。

兰普金太太倒吸了一口凉气。

奥鲁剑又划过了前风挡玻璃。

兰普金太太吓得尖叫了起来。

她踉跄着跑到车前，打开车门钻进去，转动点火开关上的钥匙。

她根本不用关车门，因为伊尔嘉已经用奥鲁剑替她把门砍了下来。

她挂上挡，猛踩油门，有好一会儿，车轮都在沙地上打着空转。接着，车子从插着黄色旗子的那块地里倒着往外冲，兰普金太太大声喊了句什么,汤米觉得这句话也不太适合翻译过来。然后,她从伊尔嘉身旁疾驶而过,但与此同时,他又用奥鲁剑砍掉了车左侧的挡泥板。

“我说的保险的事可不是开玩笑的!”兰普金太太咆哮着,朝镇上的方向加速开走了。

汤米也说不准那辆马自达能不能撑得到目的地。

伊尔嘉收起奥鲁剑,爬上沙丘,冲汤米点点头,然后便进屋去了。

“事已至此……”汤米说着,也跟着他走了进去。

早餐他们吃了花生酱三明治,伊尔嘉也吃了。他们还喝光了剩下的橙汁,伊尔嘉一口都不肯喝。他一直抱紧双臂,外面太杜尔了,汤米把火烧得旺旺的,伊尔嘉一直待在炉火旁。

汤米不照看炉火的时候,就在客厅里来回踱步。

走过来,又走过去。

就像老威格林站在索尔格荒原的布劳谷姆墙之下时那样。

他必须做点什么。

“停下!你快把我弄疯了。”詹姆斯说。

“我爸爸和妹妹还下落不明呢!我也不知道他们现在到底怎么样了!”

“那就去找他们呀!我们从哪儿开始找?”

“天哪，詹姆斯，我怎么就没想到呢?!我怎么就没好好想想该去哪儿找呢?! 这主意好像还真不赖。”

“*塞里斯*[1]，汤米，*塞里斯*。”伊尔嘉说。

“好吧，好吧。我这两天根本没怎么睡觉，我只要一睡着，就会做梦，梦见被欧曼怪追，等我醒来，又目睹了一场人车大战，我还有四……”他摸了摸自己的身体两侧，“……不，是五处骗子欧斯利用奥鲁剑砍的伤口，疼得我要命，然后、然后我还是不知道该去哪儿找我爸爸和妹妹……”

“欧曼怪没追你呀，汤米。它从水里出来，然后就躺下了。”

“实际上，帕特里克，那天晚上你不在，你不知道我被欧曼怪追得多惨! 我跑了好久，一直跑到学校里才把它甩掉。”

“你跑进学校了?”

“我当时看到灯亮着。”

詹姆斯从厨房里喊道：“汤米，我在这里找到七个鸡蛋，还有一些培根，不过看起来有点儿不新鲜。你介不介意我……”

“灯为什么亮着呢?”爱丽丝说。

他们经过普利茅斯岩，朝威廉·布拉福德小学走过去的时候，天开始下雪了。伊尔嘉穿了两件运动衫，外面还套了佩珀先生的短呢

---

①“放松”的意思。

大衣。尽管他的脸几乎被冻得僵住了，可他还是不时地探出头去，好奇地张望四周飘落的雪花，他甚至还想用舌头去接雪花呢。伊尔嘉手握奥鲁剑，汤米则拿着格尔登跑在所有人前面。他跑起来还有点儿一瘸一拐的。

他们跑到六年级那边。

“听我说，”爱丽丝不停喘着粗气，过了好一会儿才把话说完，“要是闯进学校被人发现，我们会有大麻烦的。”

伊尔嘉伸出手，摸了摸钉在六年级走廊门框上的胶合板。然后，他转身看着汤米，用手分别指了指爱丽丝、詹姆斯和帕特里克，说：“*加米那，瓦尔德斯？*”

汤米摇摇头。

“*纳尼格*[1]*？*”

“对。”

伊尔嘉回过身去，继续“研究”那块胶合板。

“他说什么呢？”詹姆斯问。

“他问你们是不是战士。”

“然后你说我们不是？”

汤米看着他：“那我该说什么？”

“说是呀，你这个白痴！”詹姆斯说。

---

①“全都不是”的意思。

从海上吹来的风呼呼地刮着，他们都感觉到有些不对头。不管他们面朝哪个方向，雪都会打着旋儿地吹到他们脸上，吹得脸一阵阵刺痛。

伊尔嘉转过身来，目光一一扫过他们。然后，他冲汤米说：“*加米那，瓦尔德斯。*”跟着，他看着爱丽丝说：“*加米那，瓦尔德斯。*”最后，他又对詹姆斯和帕特里克分别说：“*加米那，瓦尔德斯。*”

他们迎着风，似乎站得更稳了些。他们都感觉到有种强烈而深切的情感在内心深处涌动着。

伊尔嘉再次转回身，盯着门框上的胶合板。

冷风更加猛烈地拍打着他们，把他们吹得直向后退。更多的雪花从灰蒙蒙的天空上落下来，而不远处，一团深色的飑云在海上积聚完毕，正快速地向他们这边移动着。

“*努，舒伦哈勃，希尔德伊尔默斯，希尔勒森瑞，莫德*[①]*，比尔达。*”伊尔嘉说。

“他还真是从另一个星球来的。”帕特里克说。

“我们还是会惹上大麻烦的，如果……”

奥鲁剑在伊尔嘉手中挥动了两下，胶合板立刻变成了一堆碎片。

“……我们闯进学校。”爱丽丝说。

①“胆量”的意思。

伊尔嘉和汤米走了进去，爱丽丝、詹姆斯和帕特里克紧随其后。他们刚好在暴风雪袭来之前进入了教学楼。空气中开始弥漫起腐烂海藻的气味。

走廊里空荡荡、黑漆漆的，有种怪异的感觉。当学校的走廊里没有挤满去上课的孩子的时候，就会令人产生这种感觉。没人大吵大嚷，没有上下课的铃声，没有“砰砰”关储物柜门的声音，没有被踢来踢去的纸团，没有老师维持秩序，没有从学校餐厅、体育馆或者科学教室飘来的气味，他们每走一步，都会在走廊里产生回声。他们都不想说话，甚至不想喘气。

“我要去拿我的手风琴。”帕特里克说。

“什么？”詹姆斯问。

“我的手风琴。我把它落在……”

“你知道吗，帕特里克，战士打仗是不会带着手风琴的。他们从来不带手风琴。他们根本就不喜欢手风琴。”

“我这个战士就喜欢。”

“这只能说明……”

“闭嘴！”汤米说。

詹姆斯和帕特里克都觉得这也是伊尔嘉的意思。

他们沿着六年级走廊前行，透过窗户看教室里面。教室里一片漆黑，所有课桌都摆放整齐，一个人都没有。

他们转过弯，去查看其他走廊。

四年级和五年级的走廊里也没有人。

他们又转去别的地方。

餐厅里没有人。

体育馆里没有人。

更衣室里没有人——爱丽丝还独自去看了女更衣室，汤米说这就证明谁才是真正的加米那瓦尔德斯了。

大礼堂里没有人。乐队排练室、乐器储藏间、楼太太的钢琴练习室，甚至舞台幕布的后面他们都去查看了一番。

通通空无一人。

他们又去了二年级和三年级的走廊。

没有人。

然后他们朝一年级走廊走去。

一路上都没有人。直到他们拐了个弯——

欧曼怪就站在前方，头都快碰到天花板了，两只完好无缺的手低低地垂在膝盖的位置。

它的眼睛在注视着他们。

“*法赫*。”伊尔嘉说着，把他的奥鲁剑举过肩膀。

可汤米拦住了伊尔嘉。他独自一人穿过黑漆漆的一年级走廊，朝欧曼怪走去。欧曼怪就静静地站在那里，一动不动。

但它在唱歌，准确地说是在哼唱。

是那首巴赫的曲子。

汤米觉得呼吸变得困难起来。这一次，他清清楚楚地听见了她说的话，好像她就站在他身边："嘿，汤米，我喜欢听你弹钢琴，尤其是弹巴赫的曲子。每当我听你弹巴赫时，都有种想哭的冲动。我想哭是因为你弹得太美了。"

汤米看着欧曼怪的脸。

维洛艺术在欧曼怪额头上留下的印记不知被什么刮去了大半，此刻，它正在变回沙子，它的身体看上去正从边缘开始逐渐瓦解。它刚刚拥有的眼睛就快要消失不见了。

"*法赫。*"伊尔嘉又说了一次。

汤米摇摇头，他从上衣里掏出项链，举向欧曼怪的脸。

但欧曼怪并没有俯下身来让汤米帮它修补印记，而是伸出右手，指向学校地下室的门。

这时，伊尔嘉来到汤米身旁，低头看着他的手。

"*阿斯，威洛。*"伊尔嘉说着，摇了摇头，"*内，西纳，瑟，威澳卢尔德。纳，瑟，威澳卢尔德。*"他伸出手来。

"还没到时候。"汤米说。

"*乃弗尔*[①]*，瑟，威澳卢尔德。*等我们找到帕蒂以后。"他说。

"我们到底下不下去呀？"詹姆斯问。

"我们当然下去。"爱丽丝说。

① "永不"的意思。

她走过去，拧了拧门把手。

“门可能……”帕特里克开口道。

她四下看了看，跟着一把从汤米手里拿过格尔登，捅进门上的铁丝网窗，然后用力一砸。

“……上锁了。”

爱丽丝从打碎的玻璃中间伸手进去，把门打开，然后把格尔登还给了汤米。

“*加米那，瓦尔德斯。*”伊尔嘉说。

汤米按下开关，楼梯尽头的一盏小灯亮了。

汤米第一个走了下去，随后是伊尔嘉、爱丽丝、詹姆斯和帕特里克。他们沿着楼梯往下走，谁都没有说话，地下室特有的那种干燥的金属气味弥漫在他们周围。

下面和外面一样杜尔。

一样安静。

伊尔嘉举起他的奥鲁剑 。

汤米直接从最后四级台阶上一跃而下。他已经顾不上会不会被人听到了。他抓住楼梯底部那道铁门的门把手，用力一拉。

门锁着。

伊尔嘉挥动了五次奥鲁剑才把门劈开。汤米从断裂的铁门中间跳了过去。

“爸爸！帕蒂！帕蒂！”他打开灯的开关，“是我！”

只见巴勒斯先生四仰八叉地躺在水泥地上，挨着学校的锅炉，他脸色苍白，看上去似乎已经奄奄一息了。

在巴勒斯先生的对面，汤米看到了爸爸。

而靠坐在爸爸身边的，正是他的妹妹帕蒂。她用手撑起身子，一副刚刚睡醒但还动弹不得的样子。但突然间，她的眼睛瞪得老大，大得有些不可思议。

她在瞪着汤米的身后。

汤米朝她走了一步，感觉睡意像潮水一样向他袭来，一波接着一波，非常强烈，强烈到他只想现在立刻就躺下来，闭上眼睛。这是他此刻唯一的念头。他太困了，几乎听不到楼梯上方传来的叫喊声，那些声音听起来似乎是从很远很远的地方传来的，太远了，所以应该和他没有任何关系……

他又朝帕蒂走了一步，两条腿里像是装满了帕蒂的白色石头，沉重得再也挪不动步子。有那么一会儿，他想去摸摸项链，但抬起手臂这个念头显然很离谱儿，根本无法实现。一切都是那么沉重……

汤米闭上了眼睛。

随后，汤米听到那首巴赫的曲子在他头顶上方响起。

太美了，美得让他有种想哭的冲动……

这时，有人在他脸上狠狠地打了一巴掌。

他睁开眼睛。

“帕蒂。”他叫她的名字。

她用手向前一指。

汤米转过头，透过断裂的铁门，他看到伊尔嘉正将奥鲁剑高举过头顶，爱丽丝、詹姆斯和帕特里克都站在伊尔嘉后面大声地叫喊着。

他还看到了朝圣之路先生。

汤米晃了晃脑袋，然后又晃了几下。

伊尔嘉的奥鲁剑不停地砍在朝圣之路先生的奥鲁剑上，他全力以赴地发起进攻。朝圣之路先生被他逼得一步一步向楼梯上方退去，一直退到了与外面走廊一门之隔的楼梯最高处。

汤米再次晃了晃脑袋，努力将脑子里的睡意赶走。

“汤米！”伊尔嘉喊道。

汤米从铁门中间跑了出去——就权当是在跑吧——跑上楼梯最高处，然后猛地俯下身子，躲过了朝圣之路先生向他挥来的奥鲁剑。奥鲁剑擦着他的头顶划过，他甚至能感觉到剑风中裹挟着的强烈恨意。接着，朝圣之路先生从背后抽出林内鞭，向身后一挥，地下室的门就敞开了。他们全都回到了一年级的走廊里。朝圣之路先生又一挥鞭，走廊门也陡然开启，大片大片的雪花立刻随着狂风卷了进来。朝圣之路先生转身冲进了风雪中，伊尔嘉紧追其后，依旧不停地用奥鲁剑攻击着。

汤米冲爱丽丝、詹姆斯和帕特里克高声喊道：“带他们离开这里！”然后，他就跟着伊尔嘉和朝圣之路先生冲了出去。

他确认他握着格尔登的姿势是正确的。

暴风雪让整个世界都变成了白茫茫的一片。汤米什么都看不清。他循着奥鲁剑与林内鞭的撞击声,在普利茅斯岩的凉亭那里找到了伊尔嘉和朝圣之路先生。他跑过去,迫切地想要加入这场战斗,但是骗子欧斯利的动作太快、太稳了,他一直让伊尔嘉处在他和汤米之间,让汤米根本没有出招儿的余地。尽管伊尔嘉的动作也很敏捷、稳健,可骗子欧斯利终是胜他一筹,而且,最糟糕的是,伊尔嘉在刚才那一通猛攻之后,已经开始感到体力不支了。

他的右臂变得越来越沉重。跟着,他的奥鲁剑掉在了地上。

骗子欧斯利见状,立刻甩动林内鞭,抽在了伊尔嘉的肚子上。汤米听见他倒抽了一口气,然后摔倒在地。朝圣之路先生随即上前,用膝盖抵住伊尔嘉的胸口,跟着把他的头向旁边一拧——伊尔嘉昏了过去。

朝圣之路先生转身看着汤米。

他手里舞动着林内鞭。

“你也不知道怎么拿那个武器,对吧? ”他说。

漫天大雪席卷而来。汤米朝他冲了过去。

朝圣之路先生吃了一惊——用格尔登对抗林内鞭? 他差点儿摔倒在地。

但他并没摔倒。

他及时将手撑在了凉亭的石柱上,让自己站稳。然后,他双手握住林内鞭向汤米发起了攻击，充满仇恨地、不停地攻击。

汤米将格尔登举在身前，抵御着林内鞭的抽打，但是每一下都狠狠地抽在他的手臂上，每一次的力道都足以把他打倒在地。

他朝海滩那边逃去。

狂风呼啸，大雪纷飞，他的眼睛几乎无法睁开，看不清朝圣之路先生，也看不清不断抽向他的林内鞭。

因此，当下一记抽打直接打飞了他手中的格尔登时，他一点儿都没有感到惊讶。

他仰面朝天栽倒在被雪覆盖的沙滩上。

“一切都结束了，汤米·佩珀。”朝圣之路先生说道。汤米能看到林内鞭在他身体上方晃动着。

接下来，他看到了欧曼怪张开的双臂。

那两只手就像是从白茫茫的大雪中凭空伸出来的一样，它们紧紧地抓住骗子欧斯利的肩膀，就像是用也克拉特锁住了他。

“*法赫，法拉特尔*[①]*！*”朝圣之路先生喊道，“*欧曼，法赫，法拉特尔！*”

汤米站了起来，伊尔嘉这时也来到了他身边。伊尔嘉握着奥鲁剑的样子，如同一个根本举不动这么重武器的人。他还大口大口地喘着粗气，仿佛这个星球上已经没有可供他呼吸的氧气。这会儿，他

①一句用来骂人的话。

一脸震惊地看着欧曼怪,无法相信自己的眼睛。

骗子欧斯利拼命地挣扎,咒骂声直冲天际。欧曼怪用它那张支离破碎的脸望向汤米,汤米和伊尔嘉听到它在说:“*亦阿克*[1]*,那门,佩珀。*”

骗子欧斯利将林内鞭向身后抽去,但欧曼怪没有松手,它转过身,拖曳着无计可施的骗子欧斯利朝大海走去。骗子欧斯利还在一次又一次地抽打着,每一次都会抽落掉许多沙子。但欧曼怪没有停下脚步,它拖着骗子欧斯利走进翻涌着白色巨浪的海水中,一步一步地向更深处走去。伴随着骗子欧斯利最后一声恐怖的怒吼,他们一起被卷入了波涛汹涌的海浪之中。

骗子欧斯利消失了。

几乎是同一时间,风停了,暴雪变成了轻柔飘落的片片雪花。太阳从海面上升起,阳光普照,给雪花镀上了一层金黄色。

伊尔嘉伸出手,让雪花落在他的掌心。

汤米转头望着身后的威廉·布拉福德小学,校舍在阳光的照耀下仿佛也在发着光。大家都出来了,詹姆斯、帕特里克,后面是爱丽丝,她拉着帕蒂的手,巴勒斯先生不住地打着哈欠,帕特里克在旁边架着他,以防他下一秒钟就倒在雪地上昏睡过去。爸爸也出来了。

汤米丢掉格尔登,展开双臂。

---

①“也,而且”的意思。

帕蒂朝他飞奔过来，又是哭，又是笑。

汤米一把把她抱在怀里，同她一起哭，一起笑。

他紧紧地、紧紧地抱着她。

就在这时，远处的大海突然发出了可怕的震动声，黑色的海水旋转着向中心聚拢，然后由下至上喷薄而出，形成很高很高的水柱，而落下去的海水继续不停地旋转、搅动，将一大波海浪直接冲上了沙滩。汤米和帕蒂不得不往后跑，躲开它们。

"*艾特斯，斯锐夫特！*"伊尔嘉大声喊道。

"离水远点！"汤米喊道，"帕特里克，带着巴勒斯先生往后退！帕特里克！离水远点！"

他们全部向后跑去，翻涌的海浪在他们身后追逐，冲掉了海滩上的积雪。海水散发出腐烂海藻的臭味儿，像是被煮沸了一般，"咕嘟咕嘟"地泛着泡沫。

过了一会儿，咆哮的海水终于平静了下来。

海面恢复了安宁。

雪也完全停了，阳光迅速地、彻彻底底地洒满了每个角落。

真是宜尔丽尔。但汤米、勇敢者伊尔嘉、爱丽丝、詹姆斯和帕特里克，这些加米那瓦尔德斯，只是静静地站在海边，凝望着大海。在海水之下，欧曼怪——*亦阿克，那门，佩珀*——已经变回了它最初的沙子模样。他们低下头为它默哀。汤米则为欧曼怪，为妈妈，为他所有失去的，放声哭泣。这次，他不会因为自己像个一年级的小孩儿那样号啕大哭而感到丢脸。

日出之前，汤米、帕蒂、爸爸和勇敢者伊尔嘉站在房子外面的沙丘上。

汤米握着他的项链。

他感觉它在发热，他的脑海中浮现出了很多画面：新年伊始，人们将哈诺拉号吹出欢快的节奏；海纳芙和恒吉斯特升到绿色的山顶之上；兰戈利斯峰迎来了第一次日落；成群的维格拉斯①在空中自由翱翔，白色的羽毛遮天蔽日，美妙的啼鸣在空中久久回响。而所有这一切，在欧曼怪的脸被转向“沉寂”的那一刻起，它们就再也无法见到与听到。

他的脑海中还出现了其他画面：在普利茅斯海港边野餐；在十月的深秋去爬怀特山；他坐在公园的铜鸭子上做了一个又一个鬼脸，逗得妈妈一个劲儿地笑；刚刚出生几天的帕蒂躺在她淡黄色的婴儿床上，冲着他不停地“咿咿呀呀”；他和妈妈并肩坐在钢琴前，一起弹奏那首巴赫的曲子……那乐声此刻就在他的耳边回荡着。当他的脑海中出现这一幕时，项链开始发光，甚至隔着汤米的上衣都能清楚地看到。

随后，身着一件短大衣的勇敢者伊尔嘉站到了他们三个人面

①一种像海鸥的白色的鸟。

前。他为骗子欧斯利最终葬身大海而感到喜悦，与此同时，由于不知道雷塞德城堡的战况如何，他又为可能降临到爱瑟人身上的厄运而感到悲伤。“*纳，瑟，威澳卢尔德。*”他说着，向汤米伸出了手。

汤米点点头。他最后一次将项链紧紧贴在胸前、贴近心脏，最后一次感受它的温度，最后一次感受海纳芙的美丽光芒、恒吉斯特的温暖照射，最后一次聆听妈妈的声音，感受她的手轻轻地抚摸着他的脸庞……

这是最后一次了。汤米摘下项链，递了出去。他能感觉到它正在离他而去。他把项链放在伊尔嘉的掌心。等他松开手的那一刻，他已经不再记得他忘记的是什么。

他只知道，他失去了生命中很重要的一部分。再一次地失去了。

伊尔嘉接过项链，戴在脖子上，然后朝佩珀一家深深鞠了一躬。

“汤米·佩珀。”他说道，“*莫德，盖斯立艾夫。爱瑟，盖斯安克，昂德，瑟，盖斯安克。莫德，斯特昂*[①]*，希罗特，斯特昂，莫德，斯特昂。*”

伊尔嘉说的话汤米一个字都没听懂。

伊尔嘉笑了，他点点头，然后又鞠了一躬。他摸了摸汤米的胸口，项链刚才贴着的地方还是温热的。接着，勇敢者伊尔嘉将项链紧紧贴在他自己的胸前，一道耀眼夺目的绿光立即从项链中射出，投射到渐渐变浅的蓝色天空上，与清晨的金色曙光交相辉映。之后，汤

①“强大”的意思。

米、帕蒂和爸爸注视着绿色光团包裹着伊尔嘉不断上升，越升越高，越升越高，直至消失在合拢的云层之中。与此同时，开始有雪花从天上轻轻地飘落下来，是那么温柔，那么美。

汤米久久地站在沙丘上，雪花在他的身边飞舞。有泪珠从他的脸上滑落下来，帕蒂伸出手，为他轻轻地擦去。汤米跪下来，紧紧地抱住了她。

那天晚上又下雪了，第二天也下了，第三天依旧，茨威格先生不得不又一次宣布学校停课一周。可是天气太冷了，大家都没法儿出门，所以一周过后，几乎所有人都是兴高采烈地回到了学校，毕竟他们都闷在家里太久了。

能回来上课，巴勒斯先生也很高兴。但他有点儿闹不懂日子怎么就过得这么快。眼看圣诞节假期就要到了，他们却还没学完“太阳系”这一章，后面还有很多事情要做呢！另外，有人知道他的波士顿红袜队的签名海报到底哪儿去了吗？

大家都有很多事情要做。

谢丽尔决定学习手风琴，她和帕特里克开始每天在午休时间一起练琴。后来，班上的所有人，甚至包括巴勒斯先生在内，都求他们带着手风琴到大礼堂去练。他们难道不觉得那里的音响效果要比教室好得多吗？

詹姆斯又有了一个橄榄球，他决定还是不去找汤姆·布雷迪在球上签名了。汤姆·布雷迪亲笔签名的橄榄球在他手里是不会有什么好结果的。现在，汤米总是会在午休时间去练习弹钢琴，他只好和爱丽丝一起玩球。可令他没想到的是，爱丽丝的臂力还真不错，她总是能把球接得很漂亮，汤米在场时都会为她鼓掌叫好。

茨威格先生放弃了绘画，因为他实在搞不懂怎么才能让画里的人物动起来。他很肯定，很久以前有人曾经给他演示过该怎么画，可现在……算了，他还是先把它搁置一段时间，等以后再尝试吧。他把所有的绘画用品都交给了麦莱蒂夫人，她把它们全放进一个盒子里，搬去了地下室，尽管她拿工资可不是来干这个的。

佩珀家屋外的黄色旗子每次不是被踩坏，就是不见踪影，兰普金太太简直受够了，更不用提还有那个住在附近的小疯子。所以，她终于放弃了朝圣之路公寓项目。她在桑威奇东部找到了一块更好的地皮，业主同意用那块地换一套建成后的顶楼公寓，外加那辆黄色马自达——只要把那些划痕都修补好就行。双方都很满意。后来，公寓建成之后，兰普金太太把她的肖像画挂在了公寓大厅里，那是麦莱蒂夫人在学校的地下室里找到的。

她终于还是付钱买下了那幅画。

汤米把他的格尔登挂在阁楼门上。几乎每个晚上，他都会把它取下来，想要弄明白到底该怎么拿它才对。他觉得自己应该记得它原来是做什么用的，但他就是没记住。他也搞不懂为什么自己一看到那个王牌机器人大冒险午餐盒，就觉得自己好像忘记了什么重要的事情，可他就是想不起来到底是什么事，毕竟，那只是一个印着王牌机器人披着红色斗篷从空中飞过的、普普通通的午餐盒。

他也看不见过道淡黄色的墙壁上妈妈的画像了，可不知怎的，在他的脑海中，妈妈的样貌却更加清晰了，而在此之前的很长一段时间里，他几乎都记不起她的模样。现在，每一次回忆都能让他会心一笑。

在这个寒冷的夜晚，屋外风雪交加，屋内的壁炉中闪着温暖的火光。汤米坐到钢琴前。爸爸正在厨房里扯掉那些旧油毡，时不时地抬头看看他。他将手指放在了琴键上，琴键热热的，真的在发热。这是为什么呢？

他弹奏了起来。

是那首巴赫的曲子。

帕蒂走过来，坐在他身边。后来，有天晚上，汤米突然意识到她在跟着他的琴声哼唱，真的在哼唱。她把头靠在他的肩膀上，轻轻地哼唱着。

柔美动听的音符在房间里飘荡，填满了家中的每一个角落，也填满了他们的心房。之后，它们飘出窗外，飘向海岸，越飘越高，直至繁星闪烁的苍穹。

21

爱瑟人的新时代

当小威格林醒来时，他感觉有人扶着他的肩膀在帮他止血，以减轻伤口的疼痛。他身上盖着一件黑色外套，勇敢者伊尔嘉守在他的身旁。

维洛艺术之链此时就戴在勇敢者伊尔嘉的脖子上，在第二次日落的橙红色暮光中微微地发着光。伊尔嘉搀扶着小威格林站起来，他们走出塔楼的房间，走下楼梯，走过一地狼藉的议事厅，走进雷塞德城堡的内庭，这里的战斗早已结束，毕竟，已经没有任何再战斗下去的必要了。

勇敢者伊尔嘉将手高高举过头顶，维洛艺术之链在他手中散发出耀眼的光辉，照在每个人的身上。欧曼怪和爱瑟人都大为惊异，纷纷丢掉了手中的武器。哈诺拉号终于被吹响，听到胜利喜讯的爱瑟人都为伊尔嘉的归来而欣喜落泪。

接下来，在内庭中所有爱瑟人的注视下，勇敢者伊尔嘉在最后一个维洛人面前深深鞠躬，并向他献出维洛艺术之链。可小威格林拒绝了。伊尔嘉十分坚持，爱瑟人也在不停呼喊着小威格林的名字。最后，小威格林终于接过项链，却将它重新戴在了伊尔嘉的脖子上。

在雷鸣般的欢呼声中，伊尔嘉来到那些欧曼怪中间，他用项链触碰了每个欧曼怪的额头，它们的眼睛得以睁开，它们的嘴巴得以说话，它们的心脏再次恢复了跳动，它们终于知道自己是谁了。

伊尔嘉告诉那些欧曼怪，在一个遥远的星球上，有一个欧曼怪为它的同胞献出了一切，它从未来过这个星球，却拯救了它们，它的名字叫佩珀。那天晚上，亦格拉艾夫老人将那艾丽送上天空，欧曼怪们在繁星与焰火的照耀下，为那个叫佩珀的欧曼怪舞蹈。

雷塞德城堡的爱瑟人和欧曼怪一起舞蹈，内心充满了从前不敢想象的喜悦。而最高兴的莫过于布鲁利斯，以及他的女儿海丽思和他的儿子伊尔嘉。

第一次日出前，欧曼怪们离开了雷塞德城堡，自愿离开了这个国家。

高尚的小威格林伤势严重，休息了一夜后，在第二次日出之前，他还是去了那个无人能跟去的地方。乌度欧旗悬挂了整整四十八天，人们为最后一个维洛人的逝去哀悼不已，他为爱瑟人付出了一切。

勇敢者伊尔嘉——维洛艺术的守护者，加米那瓦尔德斯，与他的父亲和姐姐一起，坐上了雷塞德城堡的圣座，为这个星球重新带来了和平。他关怀爱瑟城的人民，受到他们真心实意的爱戴。据说，只有他知道欧曼怪自己的国家坐落在何处，他在那里永远都会被奉为上宾。

而在大多数夜里，伊尔嘉都会登上雷塞德城堡的塔楼楼梯，穿过永远都不会将其修缮的、破损的房门，来到塔楼最高处房间的窗边。在那里，在维洛锻造炉的残骸旁，他会侧耳倾听奇怪的音乐。那音乐从很远很远的地方传来，来自那些熠熠闪烁着的星辰之间。

小威格林的遗嘱

写于爱瑟城内爱瑟人布鲁利斯的家中

写于维洛人来到这个星球上的第1058年

明天的战斗将是我的最后一战。在那之后，整个星球或许会陷入“沉寂”，也或许会迎来一个新世界的诞生，那将是属于爱瑟人的新世界，他们将承担起守护自己民族的使命，而维洛人多年付出的努力将画上一个圆满的句号。总之，不论明天的战斗是何种结局，维洛人在这个星球上的光辉时代都将结束。因此，我写下维洛人的最后一份遗嘱，希望他们自古以来的不懈追求可以被后世铭记。

十多个世纪以前(是按这个星球上的时间计算的世纪)，维洛人来到这个星球，发现了一群处于绝望中的人。他们就是在“双日之劫”中幸存下来的爱瑟人。照亮爱瑟星球的双日在数十万个世纪之前本是一个太阳，它们误入从前的运行轨道，相距太近，因此而产生出的热度毁灭了爱瑟星球上的一切，只有很小一部分人活了下来。维洛人艾格雷斯正是预测到了这次双日的交会，才带领第一批维洛人来到了这个星球，查看是否有人幸存。他们只发现了为数不多的

幸存者。所有的城市都化为断壁残垣，而所有的农田则只剩荒原与灰烬。

之后，艾格雷斯同老威格林、亨吉尔、亨格埃尔夫、温和的弋利尔一起，将幸存的爱瑟人集合起来，带他们来到位于阿努尔夫平原以南的丹维尔夫山谷，那里尽管被大火焚烧过，但地表下的土壤依然肥沃，而从山上流淌而下的雪水恰好可以灌溉这片土地。他们就在那里建造了爱瑟城。亨格埃尔夫在百努平原上栽种出一大片森林，从丹维尔夫山谷向索尔格荒原延伸，一直到兰戈利斯峰在黎明时分投下的阴影所能到达的地方。爱瑟人将这一大片土地都赠予了亨格埃尔夫。维洛人同爱瑟人一起，种植和浇灌着这座新城市以及周边的土地。就这样，爱瑟人在维洛人的帮助下活了下来。

但做到这一切并非轻而易举。为了帮助爱瑟人，亨吉尔和温和的弋利尔长途跋涉，来到海格尔大瀑布上游的海水中，在一个只有他们知道的地方，用维洛艺术创造了欧曼怪，它们是这个星球上湿润的沙子的孩子。它们一睁开眼睛，就看到了明亮的繁星，就为它们所感受到的美好而歌唱。随后，他们跨过提尔利尔山，来到阿努尔夫平原之上，在那里种下了迄今依然耸立如初的参天大树。之后，他们又穿越平原，来到爱瑟城，与爱瑟人一起并肩奋斗，建造雷塞德城堡，为爱瑟城修出城墙和街道。夜晚时分，欧曼怪会对着星星歌唱，歌声如同它们诞生于其间的海浪一般，荡漾在爱瑟城的上空。

雷塞德城堡建成了，爱瑟人的十二圣座被摆进了议事厅，便于爱瑟人统治和管理他们的城市。在十二圣座之后，有一道门通往高耸的塔楼，维洛人的锻造炉在那里被铸成。维洛艺术也被安放于此。在那里，思想和歌声被锻造成一股力量，用来保护和哺育这个星球。当这一切都建造完毕，爱瑟城在双日的照耀下闪闪发光，维洛人亦格拉艾夫用绚烂的焰火点亮黑夜，哈诺拉号被日夜吹响。

就这样，九个多世纪以来(还是这个星球上的时间)，爱瑟城都处在和平与宁静之中。百努大森林绿意盎然，树木参天，位于阿努尔夫平原上的、欧曼怪种植出的树林也是如此。在这座城市以南的地方，温和的弋利尔在以他名字命名的丘陵中为维洛人建造了家园。艾格雷斯、老威格林、希尔德长老和他的十个女儿、布莱瑟拉夫长老和他的儿子们等大多数维洛人都在那里定居下来，还有一些维洛人住在宝恩围场、索尔格荒原，以及百努大森林附近。亨吉尔和亨格埃尔夫就住在宝恩围场。赫鲁恩莱斯也定居在那里，但他并不想和爱瑟人比邻而居。

赫鲁恩莱斯正是在宝恩围场蒙骗了亨格埃尔夫，让他用整个百努大森林换了一把用劣质金属制成的奥鲁剑。于是，赫鲁恩莱斯盘算起来，如果他能这么轻而易举地得到爱瑟星球的一大片土地，那他为什么不干脆把整个星球都弄到手呢？就这样，他化身成为蒙杜斯王。他先是说服了赛斐、欧斯利、凯勒、沃尔、那林、弗莱林和瑞姆林，这些人和蒙杜斯王臭味相投，一拍即合。蒙杜斯王设下陷阱，派那林去弋利尔丘陵，用甜言蜜语诱骗艾格雷斯到宝恩围场来。艾格雷斯察觉有诈，怀疑那林已经叛变，便拒绝了他。于是，那林在第二次日落时杀害了他。

这是发生在维洛人中间的第一起谋杀。背叛由此拉开了序幕。

后来，贝林和贝拉林两兄弟也加入了叛徒的阵营，为蒙杜斯王效劳。这些背信弃义的维洛人想将整个星球都据为己有，于是策划要在索尔格荒原发动一场战役。但他们知道，忠诚的维洛人在数量上远远多于他们，爱瑟人也很可能会和忠诚的维洛人一同抗敌。于是，蒙杜斯王派欧斯利去爱瑟城，找欧曼怪做帮手，用虚假的承诺游说它们加入。但欧曼怪丝毫不为所动。

一计未成，蒙杜斯王又生一计。他命弗莱林用自己的双眼做引，用邪恶的艺术弄盲了所有欧曼怪的双眼，毁了它们的脸。然后，骗子欧斯利再次来到陷入绝望之中的欧曼怪中间，告诉它们，它们之所以会失去这一切，全是因为忠诚的维洛人，因为他们唯恐欧曼怪会叛变。就这样，愤怒的欧曼怪冲上弋利尔丘陵，杀害了温和的弋利尔，之后，它们又冲向宝恩围场，背叛并杀害了亨吉尔。当初，正是亨吉尔和温和的弋利尔长途跋涉，在海格尔大瀑布给予了欧曼怪生命，如今，他们就这样含恨而终。

老威格林率领维洛人和一群追随他的爱瑟人，与蒙杜斯王在索尔格荒原展开了一场惊天动地的战役。老威格林在战场上奋力厮杀，意志如钢铁一般顽强，但第一次日落时，他身受重伤，终因体力不支而倒地，如果没有爱瑟人布鲁利斯，他那天必将战死疆场。此时，双方交战正酣，布鲁利斯与其他维洛人一起，用维洛艺术建起一堵冰墙，将老威格林保护起来，随后，他们一起并肩作战，将欧曼怪彻底击退。等到第二次日落时，叛变的维洛人、蒙杜斯王，还有欧曼怪们一起逃进了大森林。而获救的老威格林和布鲁利斯从此成了肝胆相照的好兄弟。

蒙杜斯王并没有就此罢休。他穿过大森林，北上进入丹维尔夫山谷，随后翻越群山，来到维斯尔山谷。在那里，他用“沉寂”的力量将欧曼怪们收于麾下，让它们心中的爱都被对维洛人的仇恨所取代，让它们只听命于蒙杜斯王一人。就这样，过了三个冬天，蒙杜斯王变得强大起来。

老威格林生活在爱瑟城中，他也变强大了。这三年来，他经常去爱瑟人布鲁利斯家中做客。除此之外，他还与太格里、尤里一起，在爱瑟城以北的索尔格荒原上修建了用来御敌、护城的布劳谷姆墙，因为他们深知，蒙杜斯王一定会带着欧曼怪们杀回来的。太格里和尤里修建的这一防御工事又宽又高，坚实无比，除非得到允许，否则根本没有人能从这里进入爱瑟城。但老威格林不知道的是，他犯下了一个愚蠢的错误，那就是他太信任太格里和尤里了，他们早已在蒙杜斯王的诱惑下，背叛了忠诚的维洛人。

终于，蒙杜斯王的大军在阿努尔夫平原上集结完毕。如果站在索尔格荒原的布劳谷姆墙上向远处望去，会望到如海洋一般无边无际的欧曼怪。那些叛变的维洛人就站在它们当中，他们不停地蛊惑、煽动，激起欧曼怪心中的仇恨，并在赫瑞丝升起的时候，驱赶着它们穿过平原，向索尔格荒原的布劳谷姆墙发起进攻。在那里，欧曼怪与老威格林率领的爱瑟人大军展开了一场大战。老威格林站在布劳谷姆墙之下，内心无比坚定，因为在他身后，在爱瑟城中，他的妻子菲尔丝即将临盆，希尔德长老的女儿们正在照顾着她。他坚信自己一定可以回到妻子与他即将出生的孩子身边。

欧曼怪如潮水般涌向索尔格荒原的布劳谷姆墙，而爱瑟人士气高昂，毫不畏惧，就连巍峨高耸的兰戈利斯峰都回荡着他们震天动地的喊杀声。

然而，随第一次日出而来的，不是胜利，而是背叛。

当第一道晨光照在毗邻大森林一侧的布劳谷姆墙上时，突然，有炸裂声响起。用来修筑布劳谷姆墙的石头一块接一块地化为齑粉。太格里和尤里用他们那可怕的艺术，不但让固若金汤的防御工事在转瞬间坍塌成一片瓦砾废墟，也让立于其上的爱瑟人和维洛人全部命丧当场。老威格林急忙去寻太格里和尤里，但他们早已迫不及待地跑去向他们的新主人邀功请赏了。没有什么能阻止这场悲剧的发生。

维洛人和爱瑟人肩并肩地站在倒塌的布劳谷姆墙之后，站在失去防御的爱瑟城之前，用他们的身体组成了一道人墙。他们守卫在那里，等候着像洪水一样从布劳谷姆墙废墟上翻过的欧曼怪，他们在对方强烈的攻势下不断后退，渐渐地被逼到爱瑟城主城的城墙边上。在那里，老威格林为这些勇士们高声鼓劲。“我们势必要坚守到最后一刻！”他说，“是时候展现我们强壮的臂膀、坚强的意志，以及永不屈服的灵魂了！是时候为了维洛人和爱瑟人的荣耀而战了！”

从那一刻起，勇士们就再也没有犹疑，再也没有退缩，他们同仇敌忾，众志成城，如铜墙铁壁一般坚不可摧。欧曼怪久久无法攻破人墙，只得从爱瑟城的城墙外撤离。

小威格林在那场战斗最为激烈的时候出生，有了第一次呼吸。而在这之后不久，老威格林咽下了最后一口气。所以，他从未见过自己的儿子。而蒙杜斯王再一次逃跑了。他和欧曼怪一起退回维斯尔山谷，在那里生活了十八年，在此期间，坐在十二圣座上的爱瑟人继续管理着他们的城市。小威格林在他父亲的荣耀下长大，成为锻造炉的掌管者，每日都会在锻造炉灼热的火焰旁练习如何使用维洛艺术。

蒙杜斯王一直贼心不死，他在维斯尔山谷筹划多年后，又一次将欧曼怪集结了起来。维洛人真是太天真了！他们本以为蒙杜斯王不会第三次进犯。他们错了。等一切准备就绪，蒙杜斯王率领欧曼怪走出维斯尔山谷，深入大森林，跨越索尔格荒原和弋利尔丘陵，然后，在夜色的掩护下，以惊人的速度行进，直抵爱瑟城城下。而此时，早已习惯了平静夜晚的爱瑟城人民，城门大开，毫无防备。

因此，还未等维洛人有丝毫的察觉，欧曼怪就已经进入了城中。

它们以思想般的速度攻向雷塞德城堡，与维洛人展开一场激战。布莱瑟拉夫长老的儿子们倒下了，希尔德长老的女儿们也倒下了，十二圣座被推倒了，但忠诚的维洛人都奋战到最后一刻，这才为小威格林争取到宝贵时间，把维洛艺术锻造成一条魔链并送出这个星球，才没有让维洛艺术落入蒙杜斯王的手中。可在当时，没人知道送走维洛艺术这一选择，是对还是错。

在锻造炉旁的决斗中，布莱瑟拉夫长老也倒下了。小威格林，即写下这份遗嘱的人，成了这个星球上最后一个忠诚的维洛人。

明天，或许他也将死去，或许欧曼怪会奏响凯歌。

而这一切都将取决于那最后的一线希望。

奇词怪词表①

这些奇奇怪怪的词出自汤米·佩珀之口，

虽然他现在宣称他从未说过,但他确实说过。

不过,就算他曾经说过,他现在也不记得了。

巴勒斯先生对此次整理亦有贡献。

——爱丽丝·温斯洛

埃尔德:酒。汤米假装知道自己说的这个词是什么意思,但其实他并不知道。

艾劳恩:遥远星系中的一颗行星。它有球状的光环,看上去应该很像土星。

阿努尔夫:爱瑟城以北的平原。不过汤米说,爱瑟人不用“东南西北”来指代方向,他们用的是和双日的位置有关的词。我觉得,他自己也没完全搞懂那是怎么一回事。

比劳爱特:各种形式的艺术。大概是吧。

百努:一片幽深漆黑的森林,用来给这片森林命名的事物比维洛人还要古老。没有人知道这个词是什么意思。另见“丹维尔夫”。

布劳谷姆:类似城墙、城垛,是一种为了抵御围攻或攻击而修建的

①按照原英文单词的首字母排序。

防御工事。

拜加姆,巴鲁特:好像是句骂人的话。汤米不肯告诉我是什么意思,不过从他说话的口气中,很明显能听出来是句骂人的话。当他真想用这个词骂人的时候,还会在前面加上“苏”。于是就变成了“苏,拜加姆,巴鲁特”。这听上去真的很像在骂人。

丹维尔夫:一座山谷,名字取自比维洛人还要古老的事物。没有人知道这个词是什么意思。这座山谷以盛产水果而闻名——不要问我是什么水果。

杜尔:冷。

亦阿克:也,而且。

亦格拉艾夫:维洛人,那艾丽的发明者。另见“那艾丽”。

艾特斯,思锐夫特:这两个词好像要放在一起用,意思是“离水远点”。我觉得“思锐夫特”的意思是水。不过也可能“艾特斯”的意思是水。

爱瑟:一个族群的名字。

艾瑟尔拉德:城市里的主干道。我猜,“拉德”是路的意思,因为“拉德”(rad)和英语中的“路”(road)发音很接近。

法赫:很脏,很丑陋,很臭,很让人厌恶。可以用来形容谢丽尔·兰普金。

法拉特尔:这是汤米说过的一句骂人的话。平时,如果汤米说了什么不该说的话,巴勒斯先生就会让他到校长办公室去挨训,但巴勒斯先生不知道这句话是什么意思,所以汤米觉得他可以说。

斐尔:制造或创造什么东西,或者做什么事。

葛莱特:玻璃或窗户。

葛莱特劳艾特:用玻璃制成的艺术品,或者用光制成的艺术品——

我想象不出来那是什么样的。

加米那，瓦尔德斯：我觉得这两个词组合在一起，代表的是“勇敢的人”或者“勇敢的战士”，可以指一个人，也可以指很多人。这是一种称赞人的方式，詹姆斯说它只能用来形容男生，可事实并非如此。詹姆斯有时候真是太蠢了。

格尔登：一种类似匕首的武器，挂在腰带上。

哈林：一种类似短剑的武器。我觉得汤米不会用，他甚至都不知道该怎么拿。

哈诺拉：这个词是巴勒斯先生提供的。他觉得这是一种乐器，有点儿像法国圆号，不过要大得多，是会在特殊场合吹奏的一种乐器。他说哈诺拉(hanorah)这个词的复数形式是hanoraho，念起来就像是一个不太擅长真假嗓音转换的人在试着这样演唱。

哈纽夫：维洛人，会切割绚丽的珠宝。

亨格埃尔夫：维洛人，但显然不是他们当中最聪明的那个。他曾是百努大森林的所有者，却在一场愚蠢的交易中失去了这片森林。

恒吉斯特：爱瑟星球上的其中一个太阳的名字。

海纳芙：爱瑟星球上另一个太阳的名字。这让人感到很迷惑。汤米的意思好像是说，这个太阳在早晨第一个升起，晚上第一个落下，而恒吉斯特是第二个升起、第二个落下的太阳。我想，这就说明有两个不同的太阳。

赫瑞丝：月亮的名字。

赫伦特姆：建在海边的临时房屋。这些房子每年会被日利姆大潮冲走两次——这也就验证了为什么它们是“临时”的。另见“日利姆大潮”。

宜尔丽尔：美丽或可爱。

卡弗耶:维洛人,是个画家。他总是会把他的艺术作品留下一角不画完。

林内:这是另一种武器——就好像汤米真用得上似的。这种武器很长,像金属做成的鞭子,平时背在背上。汤米说他知道怎么使用这种武器,可我觉得他根本不知道。

麦格理尔:虚弱的,无助的,无用的。汤米有时把它当形容词用,比如"杰瑞米很麦格理尔";有时他又把这个词当名词用,比如"他是个麦格理尔"。他要么不知道这个词到底是什么词性,要么就是这个词可以有两种词性。

麦露斯:一种用像蜂蜜一样的东西做成的甜饮料,汤米说很像葡萄汁,但味道完全不同。这个描述对我没有任何帮助。

莫德:我问汤米这个词是什么意思的时候,汤米指了指他的肚子,说"胆"。我不知道他指的是"胆量"的"胆",还是"胆囊"的"胆"。

那艾丽:烟花或焰火。

纳尼格:全都不是。我不知道这真的是这种语言中的一个词,还是汤米说着玩的。

乃弗尔:永不,决不。这也许又是汤米说着玩的词。有时候他就是不知道该在什么时候停止胡闹。帕特里克伸手去拿手风琴的时候,他最喜欢说这个词。

拿恩克,格雷得,纳恩:我觉得这是一句谚语,意思大概是"再也不会有幸福快乐了",或者"这里再也不会有幸福快乐的日子了"。这是句让人听起来很沮丧的话。

奈斯:汤米用这个词来形容一种顺序——"按照奈斯顺序"。我想不出这是一种什么顺序,或许和颜色有关,不过我也不太确定。

欧曼:一群怪物的名字。起码我觉得它们是怪物。但或许不是。

奥鲁:挎在肩上的一种武器。复数形式是 orluo。所以我猜,在这种语言里,复数形式就是加"o",就像英语中是加"s"一样。我觉得汤米对这种武器也是一头雾水,连怎么拿都不知道。

拉乌:船。汤米没说是哪种船,不过听起来像是带帆的船。

雷塞德:一座城堡。汤米说是维洛人为爱瑟人修建的。

卢卡:脏,丑陋,臭,令人恶心。这个词可以用来形容天气特别糟糕时的普利茅斯港口,或者每一天的威廉·布拉福德小学的地下室。

日利姆大潮:最高的大潮,每年只出现两次,会毁掉赫伦特姆。另见"赫伦特姆"。

塞里斯:放松。

索尔格:我觉得是某种很硬、很重的石头。我问汤米这种石头是不是很像普利茅斯岩,他说比普利茅斯岩要硬很多,也重很多。可他是怎么知道的呢?

斯特昂:我猜这个词是"奇怪"的意思,可是汤米看了我一眼,说我是个白痴,他说这个词的意思是"强大",然后我说这个词的意思应该是"掐死"。然后巴勒斯先生就让我们住嘴了。

斯恩:以后。

斯瑞博尔:一种绘画技巧——可能也用于其他艺术形式,不过绘画中肯定会用到。使用这种技巧,艺术家可以使画布上的东西动起来,不是看起来会动,而是真的在动,比如山羊吃草。

斯瑞格斯:一件艺术作品最后完成的部分,起到画龙点睛的作用。

特拉普:一种很响亮的鼓。复数形式是 trempo。

创克: 欧曼怪使用的一种武器,由灰色金属制成。复数形式是 trunco。

尤非尔:不好看,也不算很丑,介于两者之间,不过更倾向于丑的一面。比如麦莱蒂夫人。

维洛:另一个族群的名字。

威特瑞:听上去像某种爬行肉食动物,比如龙。它们长着能刺入人身体的利爪,这听起来真的很像龙。复数是 vitrio。

维格拉斯:白色的鸟,有点儿像海鸥,不过体形要小一些。

威澳卢尔德:星球、世界或是行星。或许这又是一个汤米说着玩的词。

乌度欧:长方形的旗帜,通常是黑色的。当重要人物去世的时候,会将这面旗帜悬挂在高墙上。我想,应该是像总统那样的重要人物。

也克拉特: 这个词听起来像是一种由铁之类的金属制成的绳索,非常坚固,无法弄断。我觉得它很可能还有一个意思是“爱”。汤米并没有否认。